Freddy Woets

L'âme emmurée

oskar
éditeur

À ma mère, à mon David,
à mon frère et sa compagne,
ces quelques notes...

Chapitre 1

Alix ferme les yeux et se concentre sur sa respiration. Elle inspire longuement, retient son souffle, expire longuement... Une fois, deux fois... L'air moite sent l'animal mouillé, sa gorge se noue, la nausée lui retourne l'estomac. Des corps se pressent contre elle, l'écrasent. Une haleine fétide la frôle sous le chignon, elle se hérisse. La chair de poule s'insinue sur ses épaules, électrise ses bras. Alix serre la partition comme une bouée contre l'enlisement dans tous ces corps. La nausée augmente, elle lutte contre un flot de bile, parvient péniblement à déglutir. Ses lunettes se couvrent de buée.

Le bus freine et l'emporte vers l'avant avec les autres passagers. « Des noyés sous les vagues... », pense-t-elle avec dégoût. Sa main moite chiffonne les *Suites pour violoncelle seul* de Bach. Un homme la dévisage, bien autre chose que de la curiosité dans le regard. Elle baisse les yeux sur sa partition roulée, sur ses doigts qui s'y agrippent. Le bus freine encore, brinquebalant ses passagers. Les portes chuintent, des gens descendent, bousculés par d'autres qui montent avec une rage de naufragés. Le bus repart dans un remous de corps et fonce sur la chaussée. La pluie lacère les vitres à grands traits, une goutte de transpiration s'écoule le long de la joue d'Alix. Elle l'éponge du dos de la main, ouvre tant bien que mal la partition et la lit, la tenant à quelques centimètres de son visage. Une façon de se ménager un peu d'intimité, de dissimuler une poussée d'angoisse. Peu à peu, les notes lui sifflent un chant délicat, apaisant, lui rappellent qu'elles sont sur leurs portées depuis des siècles, qu'elles ne s'envoleront pas, si ce n'est sur les cordes de son violoncelle.

Elle lève instinctivement les yeux quand le bus tourne au rond-point et vire à droite, avenue du Grand-Harlack. Soulagée, elle demande l'arrêt. Les passagers sont moins nombreux, plus âgés, plus seuls. Elle descend sous l'averse et se presse le long des immeubles de haut standing vers l'île déserte.

L'île déserte… C'est ainsi qu'elle appelle la maison de maître, entourée d'un parc et de hauts murs de briques noires, que son père a achetée fin septembre. Une plaque de cuivre reflète sourdement le crépuscule sur l'un des piliers de grès flanquant la porte d'entrée en fer forgé. Alix n'a pas besoin de la lire, c'est celle qui était vissée à l'entrée du 16, avenue Jacques-Ivan-Duchesne, à Pongris : « Dr Pierre-Jean de Diolle d'Hermée, professeur de chirurgie cardiaque à la faculté de médecine. » Alix sort une clef trop grosse, trop lourde pour son porte-clefs, l'introduit dans la serrure du portail, dont la peinture vert sombre le partage aux taches de rouille, tourne trois fois, pousse et se retrouve ailleurs. Une allée de gravier, bordée de parterres boueux, fanés, se perd derrière un massif de rhododendrons. À gauche, une jeune femme est étendue, au milieu d'une pelouse détrempée, le corps cambré en sursaut, la tête renversée, les cheveux fous. De son avant-bras replié, elle se protège des assauts d'un oiseau immense, les ailes rabattues, le bec ouvert. Depuis quand sont-ils là ? Le bronze qui les constitue est noirâtre, zébré de coulées vertes. Sur le socle de grès, aux allures de pierre tombale, est gravé : « L'engoulevent boit l'âme des mourants ». Chaque fois, Alix a envie de poser la main sur le front de la jeune femme, l'oiseau lui fait peur… Elle s'en va, se sentant ridicule.

L'autre nuit, elle s'est réveillée glacée sous ses couvertures. Il faisait si froid dans sa chambre qu'elle avait cru que la fenêtre s'était ouverte. Elle a mis ses lunettes, a écarté les rideaux. La pluie, l'éternelle pluie du Nord, battait les vitres de la fenêtre bien fermée. Les arbres tanguaient, le vent faisait le bruit de la mer en soufflant dans les branches, aux dernières feuilles affolées. Sous le ciel rougeâtre de la ville, les massifs de rhododendrons, de viornes et de fusains étaient parcourus de frissons noirs. Alix pensa à la jeune femme défendant son âme contre ce bec, ces ailes, ces serres. Elle referma violemment les rideaux dans le claquement d'os de leurs anneaux de bois, mais ne retrouva pas le sommeil.

— Ma pauvre Alix, vous êtes tellement imaginative. Ah, les artistes ! a soupiré son père, sans lever les yeux de son journal, quand elle lui parla au petit déjeuner de la froideur inexplicable de sa chambre.

Du regard, elle chercha de l'aide auprès de sa mère, qui grignotait une biscotte dans le plus grand silence. Mais maman était perdue dans ses pensées.

— Père, les fenêtres étaient fermées et, pourtant, il faisait un froid de canard, je vous assure ! D'ailleurs, je suis enrhumée !

— Marie-Odile, pourriez-vous dire à notre fille qu'il n'est pas exceptionnel d'être enrhumée en novembre, sous nos latitudes pluvieuses et venteuses ? ironisa son père.

— Je vous demande pardon ? fit Marie-Odile en sursautant.

— Alix, auriez-vous la gentillesse de narrer vos mésaventures nocturnes à votre mère ?

— Mésaventures nocturnes ? répéta Marie-Odile, interloquée.

Alix répondit que ce n'était rien, que les courants d'air avaient leurs quartiers dans cette vieille bâtisse et que, sans doute, son imagination avait fait le reste. Mais son père était déjà retourné dans l'actualité politique, et sa mère dans ses rêveries entre biscotte et darjeeling.

Alix contourne le massif de rhododendrons sans un regard pour l'étang, qui tremblote sous ses nénuphars. Un ovale insondable, bordé de briques, aux eaux sombres lentement traversées d'énormes poissons rouges sans âge. En son centre, un poisson vert-de-gris, pansu, dressé sur ses nageoires, le front démesuré, la gueule ouverte, lancerait son jet d'eau si on trouvait la commande de la pompe. Le père d'Alix s'y est attaché deux heures durant avant de reporter cela, comme à son habitude, entre ides et calendes, autant dire jamais. Des bouquets de joncs retournés à l'état sauvage attirent des oiseaux brun violacé qu'Alix appelle les engoulevents. Elle ne les aurait jamais remarqués sans leur cri grave et rauque, un cri à voler les âmes. Au bout de l'allée, au sein des arbres centenaires, le manoir. Deux étages de briques, de grès sculpté, de fer forgé, d'ardoises, de tourelles échevelées, de girouettes et de vent. Des fenêtres hautes, trop hautes, et des balcons trop étroits pour être utiles, des gouttières de plomb à faire basculer le ciel, comme pondues par des chimères, et les gargouilles d'angle tendant leur cou de zinc vers l'horizon effacé.

Alix baisse les yeux sur le gravier de l'allée et se presse en direction du petit escalier de l'office, sur le côté. Elle entre par là car elle déteste le perron et son escalier aux marches toujours humides, comme si la mer le recouvrait deux fois par jour. Elle déteste ce manoir, l'île déserte.

— Il y a des immeubles normaux tout autour, pourquoi faut-il que papa ait acheté ça ?

Alix sort de la douche, détendue. Elle a réglé l'eau chaude à la limite du supportable pour chasser le froid qui s'insinue en elle chaque fois qu'elle franchit la grille du parc. La peau rougie et légèrement picotante, elle se presse vers sa chambre. Près de la fenêtre, la partition un peu chiffonnée, qu'elle a posée sur un lutrin, une chaise et un étui. Elle l'ouvre, sort tendrement son violoncelle centenaire, s'assied, l'accorde et reprend de mémoire la *Suite pour violoncelle seul*, de Bach. Ses doigts, ses poignets, l'archet s'unissent, sa tête oscille lentement ; Alix n'est plus que musique, seule musique.

Jusqu'à la fausse note.

Fausse note : un coup de poignard aux doigts, aux poignets, au cœur.

Elle reprend… corrige, hésite… dresse l'oreille, se retourne… Personne. Il lui a semblé entendre un souffle rauque, rapide, derrière elle. Comme si quelqu'un de légèrement essoufflé essayait de reprendre sa respiration. Le vent, sans doute. Elle place ses doigts sur le manche, fait glisser l'archet sur une nouvelle fausse note. Le souffle reprend derrière elle. Elle se lève, fait le tour de sa chambre, mal à l'aise, regarde sous le lit, se redresse en haussant les épaules, ouvre la partition et crie. La forme ensanglantée d'une main est plaquée sur les portées et les notes.

Ses parents lisent, installés de part et d'autre de la cheminée. Ils lèvent les yeux en la voyant débouler, hors d'elle, dans le salon. Alix les regarde, ne trouvant pas ses mots. Son père lève le sourcil droit en signe d'interrogation muette, sa mère la fixe, bouche ouverte.

— Eh bien ? demande finalement son père. Que se passe-t-il ?

Alix, le souffle court, le cœur battant, tend la partition ouverte d'une main tremblante. Son père la prend et grimace.

— Qu'est-ce que cette plaisanterie de mauvais goût ?

— Je… je ne sais pas. Je… bredouille Alix, les yeux clos, en hochant la tête.

— Alix, ressaisissez-vous, je vous en prie ! Pourriez-vous m'expliquer ce gâchis ?

— Je l'ai posée sur le lutrin, je suis allée prendre une douche et, quand je l'ai ouverte, il y avait… il y avait… ça !

Son père plisse les yeux, serre les lèvres en un sourire pincé.

— Ne perdons pas de temps en explications vaseuses et dites-moi de suite la vérité.

— Mais père, je vous jure que c'est la vérité !

— Alix, vous avez seize ans, cessez de vous comporter comme une petite fille ! Je vous écoute.

— J'ai posé la partition sur le pupitre, je suis allée prendre une douche et…

— Alix ! tranche-t-il d'un ton sec.

Une bouffée de colère se joint à la peur ; Alix serre les poings avec l'envie furieuse de quitter la pièce en claquant la porte. « J'aurais dû me douter qu'il ne me croirait pas ! Il va m'accuser d'avoir fait moi-même cette horreur et… et… » Une vague de désespoir balaie peur et colère. Elle se tourne vers sa mère. Marie-Odile plonge aussitôt le nez dans le magazine qu'elle vient de quitter. Une bourrasque fait claquer les volets. Alix ferme la partition, la serrant sans s'en rendre compte contre sa poitrine.

— Alix ! Faites attention, vous allez vous salir ! s'exclame soudain sa mère avant de replonger dans sa lecture.

— Alors ? demande son père d'une voix dangereusement calme.

— Je n'ai aucune explication à vous fournir, père. À moins de mentir.

— Bon… lance son père d'un ton plus conciliant. Admettons… Comment ça se passe au conservatoire Eugène-Isaïe ?

— Pardon ? demande Alix, surprise par le brusque changement de sujet. Au conservatoire ? répète-t-elle, sur ses gardes.

— C'est cela. Si mes souvenirs sont exacts, vous y êtes entrée il y a quinze jours, en classe de violoncelle, avec… euh… Ça y est, ça me revient, monsieur Otto. Un virtuose. Je me suis renseigné.

« Non père, vous ne vous êtes pas renseigné. Je suis entrée au conservatoire il y a un mois, et mon professeur s'appelle Pinto. » Un poids s'abat sur Alix, les murs semblent rétrécir, le plafond baisser, la maison entière peser sur elle. Elle sait que sa mère l'observe discrètement, n'en perd pas une miette. Pourquoi n'intervient-elle pas ? Pourquoi n'intervient-elle jamais ? Pourquoi ne contredit-on pas monsieur le professeur Pierre-Jean de Diolle d'Hermée ?

— Comment sont tes condisciples ?

— Quoi ? Pardon, se reprend-elle. Ils sont euh… ils sont gentils, sympas.

— Gentils… sympas, comme vous dites. En voilà des compliments !

— C'est vrai, ils sont…

Elle ne trouve rien à ajouter. « Je suis toujours seule, si vous voulez le savoir ! Je n'ai pas envie qu'on me demande où j'habite, ni où j'achète mes fringues de petite fille sage ! »

— Des plaisantins de bas étage ! explose son père en frappant du plat de la main le bras du fauteuil.

Alix et sa mère sursautent, le magazine tombe par terre. En se penchant pour le ramasser,

Marie-Odile renverse la tasse de thé au bord de la table basse.

— Regardez ce que vous faites faire à votre mère !

— Mais père…

— Il suffit ! Je constate que les conservatoires ne sont plus ce qu'ils étaient. Même le… conservatoire Eugène-Isaïe ! dit-il en articulant le nom d'une manière pompeuse. J'imagine que quelqu'un a trouvé drôle de vous jouer cette plaisanterie. Je suppose qu'il y a des étrangers dans votre classe ?

— Non, père, vous supposez mal. Il n'y a que des Français bien blonds, comme votre fille !

— Ironiseriez-vous ?

— Non, père, dit-elle en baissant les yeux pour qu'il ne surprenne pas son regard, entre rire et larmes de rage. Je ne vois pas pourquoi quelqu'un se serait blessé pour maculer ma partition de sang.

— De sang ? Allons, de l'encre rouge.

— Vous êtes chirurgien, n'est-ce pas, père ? dit-elle en lui tendant la partition.

S'en saisissant à contrecœur, il l'ouvre et l'inspecte, la renifle, fronce les sourcils. Une sonnette tinte au loin.

— Le dîner, dit-il en se levant et en déposant la partition sur la table basse.

Alix n'a pas faim, n'a pas envie de se joindre à eux en direction de la salle à manger. À l'expression de son père, elle sait qu'il s'agit bien de sang. « Ça vous dérange d'avoir tort de temps en temps ? »

Ils s'installent, chacun de ses parents à une extrémité de la table, Alix et sa mère le regard perdu dans la blancheur de leur assiette. Pour rien au monde elle ne poserait la question à son père. Elle sait que son silence l'irrite plus que tout. Un roulement sourd sur le parquet annonce Solange poussant le dîner sur la table de service. La cuisinière dépose la soupière, soulève le couvercle sur une odeur réconfortante de légumes et de viande fumée.

— Madame ?

— Une louche s'il vous plaît, Solange, demande Marie-Odile en un souffle.

Solange puise et verse.

— Monsieur le professeur ?

— Deux louches s'il vous plaît, Solange, lâche-t-il d'un ton absent.

Solange puise et verse.

— Mademoiselle ?

Alix, le regard fixé sur la nappe empesée, ne répond pas.

— Mademoiselle ?

— Alix, Solange s'adresse à vous, fait remarquer Marie-Odile, d'un ton si bas qu'il est à peine audible.

Alix, pâle, lève les yeux et fixe le plafond.

— Vous faites la tête ? s'exclame son père, d'une voix cinglante.

— Du sang…

— Et alors ? Ces sauvages sont capables de tuer un animal pour maculer de sang une partition !

— Du sang… tombe du plafond, sur la nappe.

Son père se redresse et découvre la tache écarlate que lui cachait la soupière. Levant les yeux, il aperçoit sa jumelle au plafond. En son centre, une goutte rouge se forme et tombe. Le silence est tel qu'on entend son bruit mat sur la nappe.

Pierre-Jean pose l'index sur la tache, renifle.

— De la rouille. Sûrement une tuyauterie défectueuse.

Alix pose à son tour le doigt sur la tache et l'approche de son nez.

— Cessez et mangez ! lui intime-t-il.

— Une louche Solange s'il vous plaît, articule-t-elle.

Alix prend sa cuillère et la plonge dans la soupe, persuadée que l'odeur âcre qu'elle a perçue n'est pas celle de la rouille. Le silence tombe, lourd. Il lui semble qu'une troisième respiration se joint à celle de ses parents.

Chapitre 2

— Je vous sens moins présente, Alix… Ça va ?

— Oui, monsieur Pinto.

— J'aimerais que vous repreniez ce mouvement.

— Oui, monsieur Pinto.

Alix, les yeux fixés sur la partition neuve des *Suites pour violoncelle seul*, passe l'archet sur les cordes. Elle a beau se concentrer, son esprit retourne dans cette chambre vide, au-dessus de la salle à manger. La maison est tellement grande… les pièces sont si nombreuses que toutes ne sont pas meublées, et parmi elles celle qui la hante…

Solange est revenue aussitôt avec une éponge, mais la tache avait la vie dure. Heureusement, l'écoulement s'est arrêté au bout de quelques gouttes. Le dîner s'est poursuivi dans le plus grand silence. Alix a souhaité bonne nuit à ses parents et a regagné sa chambre. À l'étage, elle a ouvert, le plus doucement possible, la porte de la chambre vide. Une suffocante odeur de renfermé lui souleva le cœur. Dans la pénombre, aucun corps sanguinolent, aucun membre dépecé, rien. Elle a allumé, s'est avancée sur la pointe des pieds, à la hauteur de la table en dessous, s'est agenouillée, passant les doigts sur la poussière des lattes en chêne. Une poussière de longue date. Un petit bruit répété attira son attention du côté de la fenêtre. Un énorme radiateur en fonte fuyait, goutte à goutte. Elle s'en approcha et constata qu'une petite flaque rougeâtre se perdait entre les lames du plancher. « Finalement, c'est peut-être ça ! » pensa-t-elle soulagée. « Mais je ne leur dirai rien ! » Elle s'apprêtait à fermer l'interrupteur quand son attention fut attirée par l'un des motifs fanés du papier peint. Des mots s'entrelaçant entre les pétales, les feuilles et les tiges de bouquets répétés à l'infini, s'entrelaçant si bien qu'ils en étaient invisibles.

Mes paroles sont douces et ma chanson, fragile,
Et il me faut mourir, quand l'amour se profile…

Alix le lut et relut, hypnotisée. En allant chercher une paire de ciseaux pour enlever délicatement le morceau de papier peint, elle vit une bouteille d'encre dans l'encoignure de la pièce. Sur l'étiquette, d'un rose fané, la silhouette d'un dragon bleu nuit crachant une flamme violette. Elle la prit, voulut dévisser le bouchon, mais il était soudé par les années…

Maintenant, l'archet sur les cordes, elle répète sans cesse ces deux vers. Qui les a écrits ? Qui est mort dans cette chambre ? Elle ne sait rien des anciens occupants. Un soir, en ouvrant la porte du salon, elle entendit son père affirmer à voix basse : « Cette maison a connu quelques malheurs ! » Sa mère acquiesça brièvement, le silence retomba. L'archet passe et repasse, les doigts d'Alix vont, mais le cœur est ailleurs, dans la pénombre des couloirs et des escaliers, derrière les portes closes, dans l'humidité malsaine des caves, la nuit. Elle frissonne. Il n'y a que la nuit qu'elle pourrait visiter la maison en toute tranquillité…

— Alix… Je vous ai entendue jouer mieux que ça. Un peu de fatigue ? Voulez-vous arrêter un instant ? s'inquiète Raphaël Pinto, son professeur.

— Non monsieur, ça ira, répond Alix en se concentrant.

La sentant repartir, son professeur ferme les yeux, un sourire se dessine sur ses lèvres. Alix est une graine de virtuose. À part la quinzaine passée en famille dans le manoir de ses cousins, elle n'a pas quitté son archet de toutes les vacances. Que faire d'autre quand on vous interdit de sortir ? C'est ainsi qu'elle s'évade, Alix, loin des silences murmurés de sa mère, des éclats de voix de son père quand le monde ne se plie pas à ses attentes. Bach, Brahms l'emmènent. Elle rêve d'une main, chaude, douce et forte, qui prendrait la sienne, plutôt que celles de ces fantômes au bout d'une partition. Elle entend la voix de ce garçon, connaît son rire ! Un rire unique, inimitable ! Elle sait qu'il existe, qu'il est quelque part, qu'il l'attend, car il est seul, lui aussi. Elle et lui, les moitiés qui s'uniront un jour pour former quelque chose qui s'appelle l'amour. Loin de Pierre-Jean et de Marie-Odile. Elle sent que leur rencontre approche… Que la vie, la vraie vie, est là, à portée de main… L'amour se profile… Elle revoit la chambre vide avec une précision effrayante, entend la lame des ciseaux se glisser sous le papier peint, sous des peaux mortes, le déchirement du papier, le martèlement d'un écoulement de plâtre, de poussière d'os… *Mes paroles sont douces…*

ma chanson... fragile... mais il me faut mourir...

— Je ne veux pas mourir ! crie-t-elle, les yeux fermés. Non, non ! Pitié !

Elle lâche son archet et fond en larmes. Raphaël Pinto ramasse l'archet et pose doucement la main sur son épaule.

— Nous allons arrêter ici, Alix.

Elle acquiesce, ses dents claquent, elle tremble, se demande comment elle va pouvoir se lever, quitter la pièce. Elle a terriblement besoin d'être seule et terriblement peur d'être seule. Ce serait triste, injuste de mourir maintenant ! Comme... comme l'autre, qui a écrit sa détresse sur le mur de sa chambre. Ils sont si désespérés, ces vers !

— Tenez, Alix, buvez, dit son professeur en lui tendant une petite bouteille d'eau minérale. J'en ai toute une réserve. Elles sont utiles quand l'émotion gagne mes meilleurs élèves.

Alix ouvre les yeux et prend la bouteille d'une main hésitante. Raphaël Pinto l'encourage d'un sourire bienveillant. L'ennui, c'est qu'elle ne boit jamais au goulot.

— Ne vous en faites pas, Alix, nous sommes des émotifs, nous, les artistes.

Raphaël Pinto a des fils d'argent dans sa barbe et ses boucles noires de jais, comme le père d'Alix. Quelques rides, aussi. Mais celles de Raphaël ont été dessinées par le rire et l'émotion.

— Vous n'avez peut-être pas soif ?

— Si ! répond-elle en portant le goulot à ses lèvres.

C'est en imaginant la tête de Pierre-Jean et de Marie-Odile qu'elle vide la bouteille à grandes gorgées, presque joyeuses.

— Ça va mieux ?

Elle hoche la tête en frôlant une corde de son instrument. Elle prend ses lunettes, les essuie, se sentant fatiguée d'un coup. L'envie de dormir mille ans. Elle passe le bout des doigts sur son front moite.

— Nous reprendrons demain, Alix. Ne vous inquiétez pas, il y a des jours comme ça…

— Merci monsieur, souffle-t-elle en rangeant ses affaires.

Le couloir est désert. Elle n'a envie de rien, sinon de fuir la tristesse qui se remet à peser. Que faire ? Où aller ? Pour peu, elle ferait demi-tour et parlerait à son professeur de la chambre vide, du poème, comme à un père. L'envie la taraude, elle pose la main sur la poignée de la porte, la lâche brusquement. Elle a peur de voir la classe déserte, ses gros radiateurs de fonte fuyant goutte à goutte, une silhouette sombre en train d'écrire sur un mur…

La nuit tomberait d'un coup, la salle déserte, glaciale, l'aspirerait, dans un bruit de papier déchiré, vers la silhouette obscure… Alix court se réfugier aux toilettes, s'enferme et fond en larmes silencieuses. Personne pour l'entendre, elle est au fond d'un puits. Elle sort une enveloppe de son sac, écarte le rabat et considère le morceau de papier peint à l'intérieur sans oser le prendre. La porte d'entrée des toilettes s'ouvre violemment, une fille se met à cracher des imprécations de chatte en colère avec des mots qu'Alix entend pour la première fois. Elle redresse la tête, tend l'oreille, à la fois gênée et attisée. Les malédictions se succèdent, pour se terminer en un sanglot désespéré. Elle entend, au fond d'elle-même, monsieur Pinto soupirer : « Il y a des jours comme ça. » Apparemment pas seulement pour elle. Elle se dit que cette fille a peut-être besoin d'une présence… ou d'être seule…

— Ça va, tu peux sortir ! lâche la fille depuis les lavabos. Je sais qu'il y a quelqu'un. À moins que l'étui du violoncelle qui traîne ne soit venu tout seul.

— Je… C'est que… répond Alix en sortant.

— T'as pleuré, toi ! constate la nouvelle venue.

— Euh… bredouille Alix en rougissant violemment. Oui. Je… je voulais m'isoler.

— Un garçon ?

— Non ! s'écrie Alix en rougissant plus encore.

— Dans le fond, ça ne me regarde pas.

Elle se retourne vers le miroir. Un peu plus âgée qu'Alix, les cheveux courts, roux flamboyant, sweat-shirt et jean noirs.

— Les dégâts ! soupire-t-elle devant son maquillage barbouillé de larmes.

Elle ouvre le robinet, se passe de l'eau sur le visage, sort un mouchoir de sa poche, s'essuie avant de se moucher bruyamment. Alix n'a pas bougé d'un millimètre. L'autre se retourne, avec un pauvre sourire.

— Moi, c'est Rozenn.

— Alix.

— T'es où ?

— Chez monsieur Pinto. Et toi ?

— Violoncelle, moi aussi ! Chez Louise van Loo. Il est bien, Pinto ?

— Oui.

— Pas mal, hein ?

— Je n'ai encore assisté à aucun de ses concerts.

— Non, comme mec ! Il est mignon, tu ne trouves pas ?

— Si, si… sans doute, souffle Alix en se lavant les mains pour se donner contenance.

— J'en ai marre ! Si tu savais comme j'en ai marre ! soupire Rozenn. On m'a piqué mon archet et j'ai une audition dans une heure.

— On t'a volé ton archet ? Mais… mais ça ne se fait pas ! s'écrie Alix indignée.

— Tu déboules de la planète Mars ? C'est de ma faute, j'avais qu'à faire attention. Je l'ai déposé sur la partition pour aller acheter une barre de chocolat au distributeur du couloir. Quand je suis revenue… Pffit ! Envolé.

Rozenn ferme les yeux, se mord les lèvres, deux grosses larmes coulent de ses paupières et roulent le long de ses joues. Alix a envie de poser une main sur son épaule, comme monsieur Pinto l'a fait tout à l'heure.

— Tu veux que j'aille te chercher de l'eau ?

— T'es gentille, mais c'est pas ce qui manque ici. Il y aura Robert Val, et moi, grosse tarte, je me fais chourer mon archet !

Alix, qui ne comprend pas un mot, se contente de hocher la tête.

— La chance de ma vie ! Merde ! crie Rozenn avec une telle grimace de désespoir qu'Alix oublie toute timidité.

— Mais qu'est-ce qui t'arrive ?

— Tu es sourde ? Robert Val, l'agent, tu sais ce que c'est un agent ? demande Rozenn à Alix, qui recule. Il organise une audition exceptionnelle pour repérer les jeunes talents prometteurs, si tu vois. Et il se fait que je ne suis pas mauvaise du tout ! J'avais une chance ! Quand Robert Val s'occupe de toi, tu es vite branchée sur des concerts... Je suis certaine qu'on m'a piqué mon archet pour que je ne joue pas !

— C'est scandaleux ! s'écrie Alix.

— Tu peux le dire... Mais ça ne me le rendra pas.

— Je peux te prêter le mien !

— Me prêter ton archet ? Mais... ça ne se fait jamais !

— Je suis de la planète Mars, tu aurais oublié ?

Le silence tombe sur la salle, Rozenn se lève timidement, indécise, ne sachant que faire. Les applaudissements fusent d'un coup, en tonnerre. Rozenn recule, pose la main sur le dossier de la chaise et salue. Son interprétation des préludes de Brahms a été grandiose. Alix est heureuse pour elle, heureuse d'avoir prêté son archet, de l'avoir vu en de si bonnes mains. « J'ai encore du chemin à faire pour jouer ainsi ! », se dit-elle avec une petite pointe d'envie mêlée d'excitation. Rozenn remet l'archet dans son étui, parcourt la salle du regard à la recherche d'Alix. Elle la rejoint au pied de la scène.

— Alix ! Comment te remercier ? Sans toi…

— Continue à jouer comme ça. Va vite, Robert Val t'attend !

— Demain, je t'invite à prendre un pot au Dream's Drumadoom !

— C'est que…

— J'ai pas cours. Seize heures à l'entrée, d'acc' ?

— D'accord, s'entend répondre Alix, qui n'a jamais fait de crochet sur le chemin du retour.

Chapitre 3

Le dîner se passe dans le silence habituel. La tache au plafond est présente, mais sèche, et la nappe est immaculée. Alix n'entend pas le silence tout excitée qu'elle est à l'idée du Dream's Drumadoom. Elle lève discrètement les yeux sur sa mère, qui mastique consciencieusement un demi-haricot depuis vingt minutes, sur le visage de marbre de son père, perdu dans ses pensées de statue. « La maison des morts, pense-t-elle en frissonnant. Si vous saviez où je vais demain ! Au Dream's Drumadoom, un endroit mal famé, pas du tout de notre monde. Je suis invitée à prendre un pot par une fille qui jure comme un charretier mais qui joue comme une déesse. Quelque chose qui vous dépasse ! » Le portable de son père sonne juste avant le dessert. « Triple pontage ?

Mais… Thuilier n'est-il pas de garde ? Il a eu un accident ? J'arrive ! »

— Vous m'excuserez de devoir passer la soirée seule, mon amie mais il me faut répondre à une urgence !

— Ne soyez pas trop long…

Alix se demande si sa mère écoute ce qu'on lui dit. Son père, en tout cas, n'entend pas ce qu'on lui répond. « Pas trop long… » Comme s'il était question de traîner en faisant une opération à cœur ouvert ! Solange apporte un gâteau dans un silence amidonné. Comme à son habitude, Marie-Odile y touche à peine. Un bruit sec attire l'attention d'Alix. Une goutte rougeâtre tache la nappe en face du siège vide de son père. Au plafond, la tache saigne à nouveau. Marie-Odile pâlit, mais garde le silence.

— J'espère que tout se passera bien pour père, souffle Alix d'une voix craintive. « Et demain, je vais au Dream's Drumadoom ! », ajoute-t-elle mentalement.

Un courant d'air glacial parcourt la salle à manger. Alix et sa mère regardent en direction des fenêtres. Aucune n'est ouverte. Sa mère pâlit davantage.

— Vous ne trouvez pas qu'il se passe des choses bizarres ? hasarde Alix.

— Des choses bizarres ? Pas que je sache…

— Je… Hier… j'ai découvert un poème écrit sur le papier peint de la chambre, au-dessus de nous.

— Bizarre, en effet, souffle sa mère en cherchant nerveusement quelque chose des yeux.

Alix se penche, ramasse une boîte à pilules émaillée, la pose sur la table. Sa mère la prend et l'ouvre sans un regard pour elle. Alix se lève de table et lui souhaite bonne nuit.

En gagnant sa chambre, Alix se sent irrésistiblement attirée par la porte de la pièce vide. « C'est le radiateur qui fuit. Qu'irais-je encore y faire ? » Elle hésite, finit par ouvrir. Une insoutenable odeur de décomposition la fouette. Elle se retient au chambranle pour ne pas vomir. Rien n'a changé, la chambre est déserte, le radiateur goutte sur le plancher. Retenant sa respiration, Alix s'avance, se retourne et, prise d'un violent haut-le-cœur, expulse son dîner sur le plancher poussiéreux. À travers les larmes, le souffle court, elle ne peut détacher ses yeux d'une tache monstrueuse, là où étaient écrits les deux vers… Le papier peint tombe en lambeaux sur une matière cireuse, qui exsude un suint rosâtre. Tout autour, des cloques boursouflent le mur, comme sur les bords d'une brûlure. De certaines s'épanche une écume moirée, depuis d'autres s'écoulent des filets de morve. Un cri de terreur coincé au fond de la gorge, Alix se précipite à la salle de bains, se déshabille à la hâte, ouvre l'eau chaude de la douche au maximum. La vapeur emplit la cabine, le jet lui brûle la peau, elle se frictionne, se savonne, affolée par la peur viscérale d'une souillure au plus profond d'elle, ineffaçable. Le jet s'arrête brusquement. Elle tourne les robinets, jure, sort couverte de mousse. Les yeux enflammés, elle cherche ses lunettes sur la tablette du lavabo. La lumière s'éteint. Serrant les dents, Alix tâtonne dans le noir, trouve ses lunettes, s'enroule d'une serviette, entrouvre la porte. Le couloir est plongé dans les ténèbres, l'odeur pestilentielle de la chambre vide s'insinue dans la salle de bains. Alix referme violemment. Des gouttes d'eau s'écrasent avec fracas sur le fond de la douche, s'arrêtent. Alix revoit la tache du plafond, la tache rouge sur la nappe. Malgré la porte fermée, un remugle de putréfaction s'insinue dans l'humidité glacée. Le parquet se met à grincer dans le couloir. Un bruit de pas, sourd. Alix se fige. Un autre. La puanteur augmente. Alix gémit, tremblant de tous ses membres. Les pas s'approchent, réguliers, étouffés dans une pestilence innommable. Alix lutte contre la bile qui emplit sa bouche. Un spasme la saisit, elle crache silencieusement dans sa serviette. Les pas avancent, inexorables. Elle se blottit dans l'angle du mur, s'écrase contre les carreaux moites et froids. Les pas s'arrêtent. L'émanation empoisonnée est suffocante. Dans les ténèbres irrespirables, délétères, l'asphyxie gagne Alix. Une goutte d'eau heurte le fond de la douche, ébranlant le silence. Une deuxième, une troisième… De l'autre côté de la porte, le plancher grince sous un poids monstrueux. Quelque chose pousse la porte, les gonds gémissent. Un souffle rauque lui parvient, assourdi par le bois. Elle hurle. Le plancher grince, les gonds gémissent.

— Alix ? C'est vous qui avez crié ?

— Maman ! Maman, par pitié, venez ! hurle-t-elle.

Des pas se précipitent, la porte s'ouvre, un rayon lumineux l'aveugle.

— Alix ! Que faites-vous là, nue dans le noir ?

— Maman, maman, maman… sanglote Alix, serrant la serviette contre elle.

— Alix, ne vous mettez pas dans cet état pour une panne de courant.

— Ce n'est pas une panne de courant… Là, là ! Il y a quelqu'un…

Alix se laisse glisser le long du mur, secouée de tremblements incontrôlables.

— Mon Dieu, et votre père qui n'est pas là ! Ne bougez pas, je reviens !

— Non ! crie Alix en se relevant d'un bond. Ne m'abandonnez pas ici.

Elle se blottit contre sa mère, qui recule.

— Vous êtes toute mouillée ! Séchez-vous donc. Tenez, je vous éclaire, dit sa mère en braquant le rayon de la lampe de poche vers le portemanteau et les peignoirs en éponge.

Alix enfile un peignoir dans le grondement subit de l'eau dans la douche. La lumière revient, aveuglante. Clignant des yeux, Alix regarde sa mère, menue, parfaitement coiffée, le visage lisse, impassible. « Vous avez tellement d'antidépresseurs dans le sang que plus rien ne peut vous atteindre… » Le cauchemar lui revient d'un coup et elle ferme les yeux, s'agrippant au bord du lavabo.

— Ça ira maman, merci…

Quand elle les rouvre, sa mère est partie. Existe-t-elle ? Alix baisse les yeux sur le plancher bien ciré du couloir, remonte le long de la porte… Aucune trace purulente, aucune brûlure d'acide, rien que le bois ciré et le bois verni. La vapeur envahit la salle de bains. Alix ferme la douche et enfile une paire de mules. La puanteur s'est dissipée. Alix se dirige comme un automate vers la chambre vide, dont la porte est restée ouverte. La tache est là, sur le mur, de la taille d'un oreiller. Le papier est pelé, déchiré sur les bords, des lambeaux se sont décollés et sont tombés le long de la plinthe. Le plâtre qu'Alix a découvert en récupérant les deux vers, est humide, rosâtre. Elle s'approche prudemment. La tache a tout d'une infiltration d'humidité. Alix considère avec gêne la vomissure souillant le plancher. « Je deviens folle ou quoi ? » Elle descend à l'office chercher un seau et une serpillière. La salle carrelée de blanc et de noir est déserte. Le silence des objets la saisit. Au centre, la fonte noire du grand fourneau se souvient dans sa masse de tant d'ardeurs gourmandes. Des pots à épices, une bassine émaillée, des bocaux de conserve encore emplis, une planche à découper appellent le geste, la main, le savoir-faire. La présence bienveillante de Solange imprègne les lieux. Son incessant sourire et la chanson douce qu'elle fredonne sans s'en rendre compte ont poussé plus d'une fois Alix à s'approcher d'elle pour se confier. Sans oser. Allez changer quinze ans de stricte éducation ! « Comme je regrette que vous ne soyez pas là, Solange ! »

Le cœur au bord des lèvres, elle éponge et nettoie le plancher en priant que sa mère ne la surprenne pas. Elle tord une dernière fois la serpillière, prend le seau d'eau sale et se fige. Un souffle rauque un peu rapide part derrière elle, comme si quelqu'un de légèrement essoufflé essayait de reprendre sa respiration. Sur le mur, le plâtre au centre de la tache se couvre d'une matière cireuse, un peu de mousse rosâtre sourd sous un lambeau de papier. Alix fait un pas vers la porte, avance. Dans le seau, l'eau noirâtre clapote. Alix continue. Le plancher grince derrière elle, le souffle ne la suit pas, rien ne la suit tandis qu'elle avance, rien ne la touche quand elle pose le seau par terre dans le couloir, rien ne la rattrape quand elle ferme la porte sans oser se retourner. La maison entière est là, qui veille.

Alix retourne dans la salle de bains, ouvre l'armoire à pharmacie, prend un tube de comprimés, enlève le bouchon, laisse tomber un comprimé dans la paume de sa main. Elle hésite, en laisse tomber un second, puis remet le reste à sa place et emplit d'eau un verre à dents pour faire passer les somnifères de sa mère.

Elle n'a que le temps de s'affaler sur son lit avant de sombrer dans le néant. Elle n'entend pas le souffle rauque près de la fenêtre.

Chapitre 4

Alix ingurgite la potion amère, noire, poisseuse, grimace et jette le gobelet de plastique dans la poubelle près du distributeur du couloir. Le quatrième café de cette après-midi. Enfin, café… Elle s'est réveillée ce matin avec l'impression d'avoir avalé une enclume. Peut-être un des deux somnifères était-il de trop… Elle s'est habillée avec ce qui lui tombait sous la main, a pris son petit déjeuner dans le brouillard et n'a commencé à reprendre ses esprits qu'en fin de matinée. La peur lui a tordu le ventre. Elle s'est forcée à penser à son rendez-vous avec Rozenn. Le désespoir l'a alors saisie. Cette jupe bleue, ce chemisier blanc, ce gilet de cachemire et son manteau bleu assorti ? Au Dream's Drumadoom ? Pas question de rentrer se changer à la maison. On trouverait vraiment bizarre qu'elle ressorte. En même temps, l'excitation du fruit défendu l'attise. Jamais encore elle n'est entrée seule dans un café. Ceux dans lesquels elle s'est assise avec ses parents ne lui donnaient pas envie d'y retourner. À quoi ça ressemble ? Elle imagine l'intérieur sombre avec… avec autre chose que du Bach ou du Brahms. Des fauteuils de cuir noir, des lumières bleues, tamisées, et des boissons dans de très grands verres. « S'il fait sombre, on me remarquera moins… » Quatre heures moins cinq à la grande horloge du couloir. Le cœur en feu, elle sort. Rozenn est là qui lui fait un grand signe.

— Pile poil à l'heure !

— J'avais fini le cours à trois heures et demie. Ça va ?

— Tu sais quoi ? s'exclame Rozenn rayonnante.

Elle se tait et regarde Alix pour ménager son effet. Alix, à la fois excitée et éreintée, se contente d'un petit sourire.

— Robert Val m'a téléphoné pour me féliciter !

— Non !

— Si ! lance Rozenn en montant très haut dans les aigus. Sans toi…

— Sans moi ?

— Je n'ai pas joué avec mon peigne ! s'esclaffe-t-elle.

— Oh, ça…

— Allez, viens, il faut que je te présente.

— Me présenter ? répète Alix, soudain morte de peur. C'est que… Je ne sais pas si…

— Si quoi ?

Alix hausse les épaules, désespérée. Tout en noir sous son blouson de soie vert foncé, cheveux flamboyants, Rozenn a quelque chose d'une magicienne, la fée du rock emmenant mademoiselle Nunuche Godiche au bal des princes charmants !

— Tu es fringuée super-chic ! lance Rozenn.

— Tu es gentille, répond Alix, ne sachant sur quel pied danser. Je fais nunuche et je le sais.

— Non, dans le genre classique-classieux, tu tiens la route. Remarque, un peu de fantaisie… Viens, j'ai une idée !

Rozenn lui prend le bras et l'entraîne. Alix n'ose demander où, n'ose dire quoi que ce soit, aiguillonnée et inquiète par l'aventure. Rozenn, tout à ses pensées et à ses projets enivrants, n'est guère bavarde non plus. Elles traversent le boulevard jusqu'à un petit square masquant un lacis de ruelles qu'Alix n'aurait jamais remarquées. Dans une odeur de pâtisserie et de viande grillée, les snacks succèdent aux boutiques de fringues, les petits bistrots, aux échoppes de musique. Les passants flânent de vitrine en vitrine, l'air tranquille, des achats en bout de bras. Dans ces ruelles joyeuses, qui fleurent bon le plaisir et l'insouciance, Alix revoit la grille d'entrée de sa maison immense et vide, les rhododendrons, l'étang, le masque de brique et de grès de la façade. « Je vis sur une île *vraiment* déserte ! » L'odeur pestilentielle revient d'un coup, le grincement de la porte, le souffle rauque. Elle serre le bras de Rozenn très vite, très fort, pour s'assurer que sa nouvelle copine existe, qu'elles sont bel et bien en train de marcher dans ces ruelles, qu'elle ne va pas se réveiller en nage dans sa chambre obscure.

— Ça va ? s'inquiète Rozenn.

— Ce n'est rien. Je… j'ai cru voir… mon père ! improvise-t-elle.

Comment avouer l'inavouable, la putréfaction en train de suinter du mur, dans une pièce vide ? La porte de la salle de bains qui grince sous le poids d'une horreur sans nom ? La puanteur, le souffle rauque ?

— T'as la tête de celle qui vient de voir un fantôme ! s'esclaffe Rozenn. Je parie que ton père est… comment dire ? poursuit-elle en cherchant ses mots.

— Pas besoin de le dire, tu as tout compris. Mon père n'est le genre à flâner ici. Il n'apprécierait pas.

— Laisse tomber ! C'est là qu'on va ! lance

Rozenn en entrant dans une petite boutique.

Alix la suit dans une forêt de fringues aux couleurs enchantées, bruissant doucement sous les doigts des acheteuses. Des miroirs fumés savent les mots magiques et les susurrent à celles qui posent, ravies, une robe ou une tunique devant elles. Des présentoirs, amenés de pays si lointains qu'ils n'ont pas de nom, offrent des bijoux aux rougeoiements de braises. L'odeur exquise de l'apprêt, les chuchotements et la musique feutrée balaient l'effroi, réchauffent le cœur. Rozenn s'arrête au milieu des bijoux.

— Choisis !

— Hein ? Mais…

— Taratata ! Fais-moi plaisir.

Alix est sans voix. Les cadeaux, ça ne s'offre qu'aux fêtes et aux anniversaires ! Dans un rituel immuable ! Des cadeaux de circonstance, de préférence utiles, en se chuchotant des mercis distingués. L'idée même de choisir lui semble un péché. Une bouffée de chaleur l'inonde, sa gorge se noue, elle ne sait que faire, que regarder, que dire.

— Ils te plaisent pas ?

— Si ! Mais…

— Qu'est-ce qui te branche ? Les bagues ? Les boucles d'oreilles ? Les broches ?

— Je… j'ai la tête qui tourne…

— Tu veux qu'on sorte ?

— Non !

— Le cri du cœur.

Une broche attire Alix. Une agrafe en forme de plume dorée sortant d'un encrier finement serti de pierres vertes et rouges. Son regard de convoitise n'échappe pas à Rozenn.

— La plume des poètes…

La main d'Alix, qui se tend vers le bijou, se fige.

Mes paroles sont douces et ma chanson, fragile,
Et il me faut mourir, quand l'amour se profile…

Le fragment de papier et les vers sont dans une enveloppe, dans son sac, qui se met à peser, les rangées de vêtements se resserrent, l'air est lourd. La plume est si fine, si belle, sortant de l'encrier. Une vague de colère électrise Alix. « Ça suffit, les fantômes ! »

— Vas-y. Ce sera ton porte-bonheur ! s'exclame Rozenn.

— Tu as raison, ce sera mon porte-bonheur !

— Adjugé ! lance Rozenn en prenant la broche et en entraînant Alix devant un miroir.

Alix l'agrafe d'une main tremblant d'impatience. Le bijou rayonne immédiatement sur le bleu nuit de son cachemire.

Le Dream's Drumadoom est un bistrot minuscule tout en longueur. Rozenn entre, Alix sur ses talons. Au bar, des garçons debout ou assis sur un tabouret la saluent d'un signe de tête, d'un sourire, d'une plaisanterie.

— Ma copine Alix !

Alix se sent plus godiche que jamais en bredouillant des « ravie de vous rencontrer » aux garçons, qui la remarquent à peine. Ils n'ont d'yeux que pour Rozenn et lancent, par rafales, des blagues idiotes, se bousculent un peu, beaucoup, éclatent de rire. Ça arrange Alix de passer inaperçue. « Au moins, ils ne font pas des remarques sur mes… mes fringues ! » Parler comme sa nouvelle amie lui donne une assurance inconnue. Elle sent la broche, sous son manteau. « Mon porte-bonheur. »

— Nous, on va s'asseoir ! annonce Rozenn en entraînant Alix vers une petite salle tout au fond. J'espère qu'ils ne vont pas nous suivre. Qu'est-ce qu'ils sont pénibles… poursuit-elle, une fois hors de portée d'oreilles.

— Ah bon ?

— Tu les trouves pas gonflantes, leurs blagues idiotes ? Moi, ça me gave.

— Euh, oui… répond Alix.

Rozenn la précède dans une minuscule salle circulaire, éclairée par un fil de néon bleu entourant le plafond et par des ampoules vertes et rouges éparpillées entre les posters du mur. Les quelques tables le long de la banquette sont occupées par des groupes encore plus braillards que ceux de l'entrée. Alix, apeurée mais curieuse, essaie de détailler un maximum de choses, avec l'avidité de celle qui a peur de ne jamais revenir.

— Eh… eh ? eh ! s'écrie, soudain, une voix paniquée derrière elle.

Alix sursaute comme si on venait de la mordre et se retourne sur une demi-douzaine de verres en équilibre dans deux mains, apparemment pressées de les déposer avant la catastrophe.

— Aïe, aïe, aïe ! poursuit le garçon en se précipitant vers la table, une chope lui glissant des doigts.

Alix s'élance et la retient in extremis. Le garçon éclate de rire, le cœur d'Alix bondit.

Ce rire, elle l'a entendu tant de fois en rêve... Le garçon s'apprête à dire quelque chose, s'interrompt, la regarde avec intensité. Une constellation de perles scintille, de mèche en mèche, dans ses dreadlocks. Alix ne peut détacher son regard du sien tant ses yeux noirs l'appellent...

— Moi, c'est Samy, souffle-t-il après un interminable silence.

— Alix, s'empourpre Alix.

— Méfie-toi Alix, c'est un dragueur ! lance Rozenn.

— Méfie-toi Alix, c'est une menteuse... murmure Samy.

Alix éclate de rire sans savoir pourquoi. Elle a chaud, d'un coup, elle ouvre son manteau, sa broche étincelle.

— Une plume, un encrier... sourit Samy.

Il penche la tête et déclame :

Dix-sept ans ! Tu seras heureuse !
Oh ! les grands prés,
La grande campagne amoureuse !
— Dis, viens plus près !...

— Ta poitrine sur ma poitrine,
Mêlant nos voix,

Lents, nous gagnerions la ravine,
Puis les grands bois !…[1]

Alix, parcourue d'un frisson, baisse les yeux.

— Rimbaud, souffle-t-elle d'une voix presque inaudible.

Elle aimerait être à mille kilomètres et, en même temps, ne jamais quitter cette petite salle au néon bleuté.

— Il connaît tout Rimbaud par cœur, lâche Rozenn.

— C'est vrai ? Vous êtes poète ?

— Oui, enfin non. J'écris seulement des chansonnettes, répond Samy.

— La chanson, c'est de la poésie ! s'écrie Alix, aussitôt gênée d'avoir élevé le ton.

— Ils sont excellents, ses textes, approuve Rozenn.

— Je… je pourrais les lire ? s'entend demander Alix, effrayée par son audace.

Comme s'il n'attendait que ça, Samy sort de la poche de sa chemise une feuille quadrillée, pliée en quatre, et la tend à Alix, qui recule involontairement.

1. Rimbaud, *les Réparties de Nina.*

— Eh ! Ça ne mord pas, c'est rien que du papier ! s'esclaffe Rozenn.

— Je… oui, bien sûr. Je reculais parce que… parce que… je ne sais plus ! bredouille Alix d'une voix aiguë, avant d'éclater de rire.

Samy cille et rit à son tour.

— La joie ! s'exclame-t-il.

— Elle est comme ça chaque fois qu'elle rencontre un crétin ! glousse Rozenn.

— Alors il y a des jours où on est heureux d'être un crétin, répond Samy.

— Samy ! Samy ! Samy ! se mettent à crier en chœur tous les occupants de la table où il vient de déposer les verres.

— Tu viens ?…

— Non… Je… il faut que je rentre ! bafouille Alix en sortant précipitamment.

Elle longe le bar et se retrouve dehors dans un état second, le front brûlant. Elle se traite d'idiote en filant comme une balle dans la foule, ne sachant où aller, avec l'envie furieuse de faire demi-tour. Quelqu'un la rattrape, une main se pose sur son épaule.

Chapitre 5

— Alix ?

— Oui, souffle-t-elle, soudain figée.

— Tu as oublié quelque chose, dit Samy en gribouillant quelques mots au bas d'une feuille quadrillée. Tiens !

— Ah, là, là ! Quelle gourde ! lance-t-elle n'osant lever les yeux sur le garçon.

— Tu me diras ce que tu en penses ?

Elle hoche la tête, prend le papier et file. « Pourquoi est-ce que je n'ai pas osé le regarder ? Il va me prendre pour quoi ? Une oie blanche ? Pfft ! C'est ce que je suis : une oie blanche !… »

Alix s'arrête dans le petit square et déplie la feuille d'une main nerveuse. Un texte est écrit à l'encre bleue.

Bleuets bluesy si bleu lilas,
Vos yeux, bluesy, n'ont pas dormi…
Bleuets bluesy si bleu lilas,
Vos yeux bluesy ne voient que lui…

Dans cette aube qui vous ressemble,
Une place est vide, si bleu lilas…
À l'heure où les anges se posent,
Il en est un qui est parti.
…

Une petite main douce lui frôle le cœur de rime en rime. Jamais encore elle n'a senti une âme si proche de la sienne. « Il a écrit cette chanson pour moi ! Même s'il ne me connaissait pas encore… Je deviens folle. Je suis folle ! » Elle a envie de rire, un rire si fort qu'il ferait tomber ses peurs, comme le vent, les dernières feuilles. En dessous est ajouté : « Tu es partie trop vite ! Dis-moi ce que tu en penses ! Samy, 06 14 22… »

Elle se lève pour retourner au Dream's Drumadoom, pile net, effrayée à l'idée d'affronter cette grande silhouette à dreadlocks emperlées, cette voix douce et ferme… « Il m'a donné son téléphone. » Elle regarde l'heure, zut ! Juste le temps d'arriver pour le dîner.

En ouvrant la grille d'entrée, Alix glisse la main sous son manteau et frôle la broche : « Si tu me portes autant bonheur ce soir que cette après-midi, je n'ai rien à craindre ! » pense-t-elle pour conjurer les grands arbres et le massif de rhododendrons, où la nuit couve, même en plein jour. Elle longe l'étang, indifférente aux cris des oiseaux, traverse le parc en chantonnant, monte l'escalier de l'office quatre à quatre, a une bouffée de plaisir en voyant Solange s'affairer aux fourneaux. La cuisinière se retourne et considère Alix avec un sourire navré. Alix s'arrête, regarde l'heure à sa montre. Aucun retard.

— Bonsoir Solange. Vous allez bien ?

— Oui, Mademoiselle. Malheureusement, ce n'est pas le cas de tout le monde. Votre mère est alitée, souffrante.

— Père s'en est occupé ?

— Monsieur le professeur a été appelé pour une urgence. Il opère. J'ai bien peur que vous ne dîniez seule, ce soir.

Machinalement, Alix pose la main sur sa broche. Dîner seule, la bonne nouvelle ! Se laisser porter par les paroles d'une chanson et rêver tout son saoul sans les soupirs discrets de maman, le silence écrasant de père, le claquement menu des assiettes que Solange débarrasse et le bruit feutré des plats qu'elle pose sur la nappe amidonnée. Elle pourra même muser un air ! Une musique ! Un accompagnement au violoncelle ! Bleuets bluesy si bleu lilas, do, sol, mi, la…

Alix prend très vite une tête de circonstance pour souffler :

— Comment est-elle ?

Solange soupire, hoche la tête, se frotte le menton en grimaçant.

— Elle dort…

« Solange, je vous adore ! »

— Le dîner est prêt, poursuit Solange en indiquant les casseroles fumantes.

— Dans ce cas, j'y vais !

Avant de passer à table, Alix monte à l'étage et frappe discrètement à la porte de la chambre de sa mère. Aucune réponse. Elle entrouvre. Sa mère est endormie, pâle, le drap bien tendu au-dessus de la poitrine. Alix frissonne : « On dirait qu'elle est morte ! » Elle referme et descend à toute vitesse vers la salle à manger et les rêves…

Un seul couvert est mis sur la table. « Je suis la princesse solitaire… » Elle déplie la feuille quadrillée, se plonge dans l'écriture régulière, un peu penchée. Les notes naissent en son cœur. La porte s'ouvre, Solange pousse la table de service.

— On dirait que la fuite a cessé ! sourit-elle en levant les yeux au plafond.

La tache est toujours là, brunâtre, mais sèche.

Solange est plus familière avec Alix. Son âge peut-être ? À moins qu'Alix ne soit plus attentionnée avec elle que ses parents... Pour Alix, Solange n'est pas une chose destinée à la servir en silence et dans les règles.

— Hum ! Ça sent bon !

— Merci, Mademoiselle.

— Vous pouvez m'appeler Alix.

Solange regarde en direction de la porte comme si elle s'attendait à ce que le professeur surgisse et lui lance, cinglant : « Pas de familiarités ! »

— C'est que... Je préfère... Enfin, si on est seules !

— Topez là, Solange !

— Bon appétit, Mademoiselle... Alix, sourit Solange en quittant la salle à manger.

— Merci Solange ! Euh... Solange ? Je m'organiserai toute seule. Ne vous inquiétez pas, je débarrasserai. Si vous voulez, vous pouvez rentrer.

— Merci Mad... merci, Alix.

À peine la porte discrètement fermée, Alix sort la feuille quadrillée qu'elle avait posée sur ses genoux, sous la table, et plonge la cuillère dans son potage, heureuse comme jamais. Un rythme naît peu à peu, les notes s'animant sur les paroles de Samy. Alix ferme les yeux, claque des doigts, sifflotant un air. L'obscurité la noie brutalement. Elle ouvre les yeux. Plus de lumière. La salle à manger est plongée dans le noir total derrière ses volets clos. Un son monte à l'étage. Un son d'une infinie tristesse, la note continue d'un archet sur un violoncelle. Alix dresse l'oreille. C'est la première fois qu'elle entend cette musique. Un bruit écrasé sur la nappe. Le bruit d'une goutte tombant de haut. Alix prend la feuille, la serre contre elle.

— Solange ?

La musique s'interrompt. Un rai de lumière filtre sous la porte, violent, aveuglant. Alix se redresse, éblouie par l'éclat verdâtre. Aucun lustre n'éclairerait le couloir ainsi. Un pas sourd ébranle le couloir, approche de la porte de la salle à manger. Alix se revoit, recroquevillée et tremblante, contre les carreaux glacés de la salle de bains. « Ça recommence ! Non ! Pas ça !… Sortir d'ici, vite ! » Elle se lève d'un bond, court à la fenêtre pour s'échapper dans le jardin. La poignée du châssis est bloquée, elle insiste, tire de toutes ses forces, de tout son poids dans la lueur spectrale filtrant sous la porte. La lueur baisse. Alix se retourne. Une ombre masque le rayonnement malsain rasant le plancher. Une présence est là, devant l'entrée. Alix s'acharne sur la poignée en geignant, une matière fluide, glacée, innommable, coule sur son poignet. Elle retire la main avec un cri d'horreur et tombe à la renverse. Sa tête heurte le sol, une douleur fulgurante foudroie sa colonne… Alix essaie de se redresser, elle retombe, roule sur le côté, sur le ventre. Elle rampe sur le tapis, fuyant le rai aveuglant que tranche une ombre immobile. Elle aperçoit la feuille par terre. Samy ! Lui téléphoner, l'appeler au secours. Elle se hisse sur un fauteuil, serrant les mâchoires. Des larmes de souffrance l'aveuglent, coulent le long de ses joues. Samy ! Samy ! Le nom martèle son esprit, comme des poings heurtant la porte d'un cachot. Elle se redresse, tangue, s'appuie contre la table. Pour téléphoner, il faut sortir, ouvrir la porte…

— Maman ! hurle-t-elle.

Peut-être lui est-il arrivé malheur ? Un grincement sur le plancher, la lueur augmente, la porte s'entrouvre sur une silhouette noire. Un souffle rauque, rapide. Alix prend une chaise, la projette à la fenêtre dans un fracas de vitre brisée. Elle parvient à ouvrir le volet, saisit un coussin sur un fauteuil, balaye les éclats de verre, le pose sur l'appui et se glisse dans l'ouverture, quand le volet se rabat sur elle avec violence. Elle recule, à moitié assommée. La silhouette noire s'encadre dans la porte. Alix saisit un couteau sur la table et le lance de toutes ses forces. Il heurte le battant et vole sur le plancher. La violente lumière verte s'éteint. Alix se fige, le souffle court. Le plancher grince, quelque chose approche. Un coup de vent secoue le volet, qui s'entrouvre. Alix bondit, l'écarte, une bouffée d'air froid lui fouette le visage. Elle se glisse par la fenêtre brisée, saute sur le gravier et court comme une folle sous les arbres, qui grincent et tanguent. Elle serre de toutes ses forces la feuille quadrillée, ce morceau de normalité, de réalité dans un cauchemar sans nom. Elle atteint la grille, la rue, à bout de souffle, et rassemble ses dernières forces pour gagner la cabine téléphonique à l'arrêt du bus. Elle compose le code d'accès gratuit. Une voix de femme calme, détendue, demande le code pin, le numéro du correspondant. Alix le compose… une, deux, trois sonneries…

— Allô ?

— Samy, hurle-t-elle, viens vite, sinon… sinon je vais mourir !

Alix s'est pelotonnée contre le pilier de grès soutenant la grille d'entrée. L'avenue est déserte. Des lumières chaudes, rassurantes, ponctuent les résidences de haut standing. Les gens passent la soirée dans leur confort feutré, des filles de l'âge d'Alix écoutent sans doute de la musique, lisent ou font leurs devoirs. Le monde tourne autour du parc, de la maison. « S'il ne vient pas, je cours demander de l'aide ! » Elle oriente pour la dixième fois le cadran de sa montre vers l'éclairage public, orange, dans son halo de pluie : dix minutes. Il a dit dans vingt minutes. Il ne lui a demandé aucune explication. Seulement l'adresse. « Qu'est-ce que je vais lui dire ? Qu'il y a un… un fantôme ? Il va me prendre pour une folle. Peut-être que je suis folle ? Et hier ? L'odeur de pourriture ? Le mur qui suintait dans la pièce vide ? La respiration qui sortait de nulle part ? Il y a quelque chose. Samy, je t'en supplie, crois-moi ! Je n'ai personne au monde à qui parler… »

Elle regarde sa montre pour la centième fois quand un bruit aigu, peu fréquent dans le quartier, déchire la nuit. Alix s'aventure sur le trottoir. Une lumière tangue au loin, dans le criaillement obstiné d'une mobylette roulant à fond. Samy ! Elle pose les doigts sur sa broche porte-bonheur et, la serrant, s'avance au milieu de l'avenue. Samy ralentit, s'arrête. Il a à peine posé sa mob contre un platane qu'elle se blottit dans ses bras. Le garçon lui caresse doucement le dos en murmurant des mots gentils, apaisants. Les phares d'une voiture les aveuglent, le véhicule ralentit avant de poursuivre sa route. Un couple enlacé dans la pluie près d'une vieille mob, pas fréquent non plus dans le quartier. Alix prend la main de Samy, l'entraîne dans le jardin et ferme la grille. Avec lui, le grondement ininterrompu du vent dans les branches, le souffle irrité des massifs et les craquements semblent moins hostiles, presque naturels. Elle a honte, d'un coup. « Il va me prendre pour une folle ! » Samy enlève son casque et lui sourit sous ses dreadlocks, dont les perles étincellent sous la pluie.

— Merci d'être venu…

— Je suis un fonceur. Normal, je suis Bélier. Et toi ?

— Poisson…

— Un petit poisson sous la pluie…

Alix se blottit encore plus fort contre lui, ne trouvant pas ses mots.

— Raconte, demande-t-il d'une voix soudain sérieuse. C'est grave ?

Elle hoche la tête.

— T'as fait une connerie ?

— Non, souffle-t-elle.

— Ouais. C'est pas ton genre… Je sais… On… Quelqu'un t'a fait du mal ? dit-il, une colère sourde dans la voix.

Alix fait oui de la tête.

— Où est-il ?

— Je… je ne sais pas.

— C'est qui ?

— Je ne sais pas non plus. Tu… Je ne suis pas folle ! s'écrie-t-elle. Il y a des… des horreurs ! Dans… dans la maison !

Samy se tait, réfléchit. Elle sent qu'il la croit, une vague de chaleur la ranime.

— Fais voir, lance-t-il en avançant dans l'allée.

— Ce sont des choses qui ne se voient pas. Écoute… je te jure que c'est la vérité ! dit-elle d'une voix suppliante.

— Je te crois, Alix. T'es trempée, tu peux pas rester comme ça dehors !

— Tu me promets que… que…

— Ouais, je te le jure ! lance-t-il en lui prenant la main.

Sa main est chaude, ferme, solide. C'est la première fois qu'elle tient la main d'un garçon, son cœur se met à battre très fort. Un crissement sur le gravier monte soudain à droite, des phares éclairent violemment les arbres.

— Papa ! Dans l'allée du garage ! Il rentre de l'hôpital. Tu dois partir, vite !

— Mais…

— Vite ! Il ne faut pas qu'il te voie. Il me… Je ne sais pas ce qu'il me ferait !

— C'est lui qui te fait du mal ? gronde Samy en se retournant vers les phares aveuglant la nuit.

— Non. C'est autre chose. Je t'expliquerai. Vite ! s'angoisse-t-elle en le pressant vers la grille.

— Demain, à midi, au Dream's Drumadoom ?

— D'accord ! J'y serai.

Samy la regarde, lui prend le visage dans les mains, pose un baiser sur son front et s'en va.

— Samy ? chuchote-t-elle.

— Oui ?

— Merci.

Elle n'a que le temps de voir le grand sourire en refermant la grille. Le couinement de la mobylette monte quand elle contourne les rhododendrons. « Il me croira ! »

Le volet par lequel elle s'est enfuie s'est refermé. Alix ralentit, frissonne. À droite, la berline noire de son père s'avance lentement dans le garage. Alix s'arrête au bord de l'étang. La porte se referme automatiquement sur la voiture. Les lumières s'allument… « Il ne doit pas savoir que je suis sortie dans le parc », pense-t-elle en se pressant vers l'office. Elle gravit les marches en vitesse, entre. Les cuivres étincellent, les serpillières sèchent sur la barre du fourneau, tout est rangé, normal. « Solange, qu'est-ce qui m'a pris de te donner congé ? Si tu étais restée… » Une pensée la traverse qui la fait rougir. Si Solange était restée, c'est vers elle qu'elle aurait couru et Samy ne l'aurait jamais prise dans ses bras.

Alix se faufile dans le couloir. La porte de la salle à manger est ouverte. Elle s'avance sur la pointe des pieds, risque un œil. Le lustre est allumé, le rideau de la fenêtre ondule devant le carreau brisé. Elle referme. La voix de son père monte de son bureau, à l'autre bout du couloir. Il est au téléphone. Le ton est préoccupé. Pour rien au monde elle n'a envie de le croiser. Elle s'élance vers l'escalier pour se précipiter dans sa chambre. Son père sort et s'exclame :

— Mais bon sang, qui est-ce qui laisse toutes les lumières allumées !

Il éteint, rentre en claquant la porte. Alix retient sa respiration dans le noir. Elle a peur que le pas sourd ne revienne, qu'une lueur blafarde ne jaillisse de sous les portes fermées. La marche grince sous son pied. Une série de claquements secs vient de la salle à manger. Le volet, sans doute. « Si ça le gêne, il n'a qu'à aller le fermer ! », pense-t-elle en regardant vers le bureau de son père. Les claquements ralentissent, mais continuent de façon régulière. Clac… clac… clac… Alix serre la rampe. Les claquements s'espacent, ce n'est pas le vent… Les claquements s'arrêtent.

D'un coup. « Comme un cœur qui s'arrête. » Alix monte une marche, une deuxième. Elle sait qu'elle doit passer devant la pièce vide pour gagner sa chambre. Elle pense à Samy, à ses bras, à sa voix, à ses caresses pour la consoler. Samy est parti. « Je me calme. Père est là. » Une marche grince derrière elle. Alix se retourne. Les fenêtres du hall éclairent à peine la cage d'escalier. Une autre marche grince. « Non ! » Alix monte en courant. Son père crie soudain, dans un ébranlement sourd d'objets qui tombent, qui roulent. Alix, paralysée, le voit faire irruption dans le couloir en titubant.

— Qu'est-ce qui est arrivé à ma bibliothèque ? crie-t-il.

Alix se rue dans sa chambre. Elle n'a pas fait un pas qu'un son long, continu, d'une tristesse infinie, comme la plainte d'un archet sur une corde, semble naître de tous les murs de la maison.

— Alix ! hurle alors son père. Qu'est-ce qui te prend de jouer à cette heure-ci ?

Elle se glisse dans son lit, fait semblant de dormir. La mélodie s'arrête sur une note déchirante. Le silence retombe sur la maison. Alix entend son père claquer la porte de son bureau. Elle tremble de tout son corps, n'ose sortir pour voler un somnifère dans l'armoire à pharmacie. Son violoncelle veille à côté du pupitre. Prise d'un doute, Alix se relève, passe les doigts sur le manche. Les cordes sont sèches, froides. Personne n'y a touché. Une somnolence l'engourdit, tout d'un coup, la tête lui tourne comme si elle venait de boire de l'alcool. Elle s'assied sur sa chaise, sa main droite saisit d'elle-même l'archet, posé dans son étui ouvert, la gauche saisit le manche et Alix s'entend jouer l'air infiniment triste qui emplissait la maison un instant plus tôt. Elle a envie de crier, de lancer son archet au loin, mais ses mains vont et elle hurle silencieusement, prisonnière d'un corps qui ne répond plus à sa volonté.

Au bout d'une éternité, la porte de la chambre s'ouvre, des pas font grincer le plancher, mais Alix continue de jouer. Lorsqu'une main lui agrippe l'épaule, un vertige la saisit et elle tombe dans un gouffre sans fond.

Chapitre 6

Alix avance dans un couloir étroit, en briques noirâtres. Sa lampe de poche balaie le sol, allongeant à l'infini l'ombre des débris. Le plâtre du plafond bas s'écaille par endroits. Sa respiration est difficile dans ce boyau, qui semble rétrécir à chaque pas. L'odeur de moisi et de poussière est suffocante. Des mots longs et lents, déformés, lui parviennent par moments, incompréhensibles. Sa lampe de poche saisit un reflet, de l'eau s'écoule des murs par petits filets. Elle s'arrête. L'écoulement devient ruissellement, cascade, le couloir se noie. L'eau monte de plus en plus vite, enserre sa poitrine d'une étreinte glacée, atteint son menton, emplit sa bouche. Alix se dresse sur la pointe des pieds, mais l'eau monte inexorablement. Elle retient sa respiration, jusqu'à ce que ses poumons soient sur le point d'éclater, elle ouvre la bouche…

… et crie. Assise sur son lit, en nage, stupéfaite, elle regarde autour d'elle. Son violoncelle est là, près du pupitre, l'archet posé sur la chaise. Elle ferme les yeux pour rassembler ses esprits. « Un cauchemar… Un de plus… Qu'est-ce qui s'est passé ? » On frappe discrètement à la porte.

— Oui ? Entrez…

— Bonjour, mademoiselle… Alix ! sourit Solange, qui porte un plateau. Je vous apporte du bouillon, sur les conseils de monsieur le professeur.

— Du bouillon ? Mais pourquoi, père… Où est-il ?

— Monsieur le professeur est parti de bonne heure à un séminaire, m'a-t-il dit. Il rentrera demain soir. Il a ordonné que vous gardiez la chambre, d'ici là.

— Mais… je ne suis pas malade !

— Vous avez eu un malaise hier soir, mademoiselle Alix, et monsieur le professeur est très inquiet.

— Un malaise… répète Alix en frémissant. Si vous saviez, Solange… poursuit-elle en un murmure. Vous… vous n'avez rien remarqué d'anormal en partant ?

Solange cille, comme si la question était incongrue.

Elle pose le plateau sur le bureau d'Alix et se met à réfléchir.

— Je veux dire… Des bruits bizarres, par exemple, poursuit Alix.

— Ah non, mademoiselle Alix, je n'ai rien entendu. Je suis partie peu après que vous avez eu la gentillesse de me donner congé.

Solange fronce les sourcils en hochant lentement la tête. Alix retient son souffle. Une sensation boueuse lui monte à la gorge. Elle passe le dos de la main sur son front moite.

— Vous êtes d'ici, n'est-ce pas Solange ? De la région ?

— Oui, Mademoiselle. Mes grands-parents vivaient dans les corons. C'était des mineurs. Je suis née rue du Golet, à la Préalle.

— C'est en ville ?

— Oui, Mademoiselle. Tout a été démoli. Ils ont mis des HLM. J'allais à l'école rue Haute. Pas très loin d'ici.

— La maison existait déjà ? ne peut s'empêcher de demander Alix.

Solange marque un temps, qui n'échappe pas à la jeune fille.

— Parlez-moi de cette maison, Solange.

La cuisinière semble hésiter, regarde la porte fermée. Le cœur d'Alix se met à battre plus fort car elle sent que Solange est sur le point de lui dévoiler un lourd secret.

— Il y a une histoire, n'est-ce pas ? insiste Alix.

La cuisinière se mordille les lèvres, s'entortille les doigts, le regard perdu. Alix a envie de sortir de son lit, de la secouer, mais la brusquer la bloquerait à coup sûr.

— Vous êtes si faible, Mademoiselle, souffle Solange.

En rongeant son frein, Alix hasarde un petit sourire.

— Moins faible qu'il n'y paraît, vous savez Solange... Je suis seulement sujette à des chutes de tension, improvise-t-elle.

— Vous êtes une artiste. C'est connu que les artistes sont impressionnables... Je ne voudrais pas avoir une... une nouvelle chute de tension sur la conscience... C'est qu'elle n'a pas bonne réputation, cette maison ! J'ai hésité avant de venir travailler ici... Mais faut bien gagner sa vie. Une bien triste histoire, allez... soupire-t-elle. Et si noire...

— Poursuivez, Solange !

— Cette maison a été construite avant la guerre de quatorze, au début du siècle, par le directeur de la mine. Mon grand-père m'en a souvent parlé. C'était un géant avec une grande barbe carrée. Il avait une fille unique, Clémence, une artiste comme vous…

Solange s'interrompt brutalement et met sa main devant sa bouche en regardant Alix, puis son violoncelle.

— Mon Dieu… Elle jouait du violoncelle aussi…

Alix la considère bouche bée, n'osant ajouter quoi que ce soit.

— Elle était amoureuse d'un garçon pas de son monde. Dieudonné, un fils de mineur qui venait travailler dans le parc. Ils se voyaient en cachette, quand ils pouvaient. Un jour, le père de Clémence les a surpris et ça s'est mal passé. Clémence s'est enfuie, on l'a cherchée partout. C'est Germaine, la blanchisseuse, qui a eu l'idée d'aller voir dans le puisard…

Solange soupire et se tait, les yeux fixés sur ses chaussures.

— Le puisard ?

— Il pleut beaucoup, par ici… Le bassin du parc déborderait tout le temps si le trop-plein ne se déversait pas dans le puisard de la cave. Cette citerne sert de réserve d'eau de pluie pour la lessive.

— Clémence s'était noyée ? hasarde Alix d'une petite voix.

— Presque. On l'a sortie à temps, mais elle est morte dans son lit une semaine plus tard. Sa chambre est restée vide, depuis.

— C'était laquelle ? demande Alix, craignant d'entendre la réponse.

— Elle est au-dessus de la salle à manger… L'autre soir, quand j'ai vu le sang…

— La rouille… la corrige Alix, sans conviction.

— Vous savez… Tout le monde dans le pays dit que Clémence est restée ici, dans la maison, à attendre son Dieudonné… Mais… vous êtes toute pâle ! Qu'est-ce qui me prend de vous raconter tout ça ? Pardonnez-moi, mademoiselle Alix… Je me laisse aller à la superstition ! Allez, c'est rien que des contes de vieilles bonnes femmes dans mon genre ! Si vous avez faim, il y a de la viande froide. Je peux vous préparer une assiette anglaise… Un bol de bouillon, c'est peut-être un peu léger pour le déjeuner…

— Ça ira, merci Solange. Le déjeuner ! Quelle heure est-il ?

— Quinze heures, Mademoiselle.

— Samy !

— Je vous demande pardon ?

— Rien, rien, Solange. Merci. Je… je me débrouillerai.

— J'aurais dû me taire… grommelle Solange en prenant le plateau et en sortant.

Alix bondit de son lit et colle l'oreille à la porte. Le pas de Solange disparaît dans l'escalier. Elle risque un œil dans le couloir… personne. « Père est à un séminaire et maman, sans doute dans sa chambre. » Elle dévale l'escalier en silence et se risque dans le bureau de son père. Elle reste figée sur le pas de la porte. Des centaines de livres jonchent le sol, dans un désordre de planches et de papier froissé. Certains rayonnages pendent au mur, ne demandant qu'à choir. Sur le bureau, des piles ont commencé à être entassées… Alix referme et s'élance vers le téléphone en priant que rien ne soit tombé dessus. Il semble intact à côté d'énormes dictionnaires d'anatomie. Le cœur battant, elle décroche et sourit de soulagement en entendant le timbre d'appel. Elle compose de mémoire le numéro de Samy. Il décroche à la troisième sonnerie.

— C'est Alix… chuchote-t-elle. Je ne pourrai pas parler longtemps. Je n'ai pas pu venir parce que… non, je ne suis pas blessée… malade non plus… Oui, oui, je vais bien ! ment-elle en passant les doigts sur la photo d'un crâne humain, et en les retirant aussitôt. Non… je ne crois pas que je pourrai sortir… Je… Non, Samy, ne viens pas…

c'est trop… dangereux. Dangereux pour toi. Si père te trouvait ici, je ne sais pas ce qu'il ferait… Tu as envie de me voir ? Moi aussi… Je…

La porte s'ouvre derrière elle. Alix coupe la communication.

— Que faites-vous là ? À qui téléphonez-vous ?

— Qui, moi ?

Sa mère est là, qui la regarde, pâle et sévère.

— À… à une amie. Pour lui demander de m'excuser auprès de monsieur Pinto.

— Comment s'appelle-t-elle, votre amie ?

— Rozenn ! répond Alix avec un tel accent de sincérité que sa mère acquiesce.

— Je vous demanderais dorénavant de ne pas entrer dans le bureau de votre père, sans m'en avertir.

— Que s'est-il passé ici, maman ?

Marie-Odile hausse les épaules.

— Votre père a saisi un volume et l'ensemble de la bibliothèque s'est effondré sur lui. Ces vieux murs pourris… laisse-t-elle tomber, avec une moue.

Alix la considère, surprise. C'est la première fois qu'elle voit une trace d'humeur sur le visage immuablement impassible de sa mère. Une mèche folle boucle derrière son oreille. Croisant le regard de sa fille, elle la replace d'un geste las et s'appuie de la main sur le dossier d'un fauteuil. Sa pâleur est plus marquée que d'habitude.

— Vous allez bien ? ne peut s'empêcher de demander Alix.

— Comme il est possible dans cette maison, répond-elle en indiquant le capharnaüm de la pointe du menton. Et vous, ma fille ?

— Un peu mieux qu'hier… Solange m'a dit que j'avais eu un malaise.

— Vous vous êtes mise à jouer comme une folle. Votre père était très préoccupé par cet accident… dit-elle en indiquant l'amoncellement d'un revers de la main. Il vous a priée d'arrêter. Ne recevant aucune réponse, il est monté dans votre chambre et vous a surprise en transe. Quand il a posé la main sur votre épaule, vous vous êtes évanouie. S'il n'y avait ce séminaire, il serait resté. Comment vous sentez-vous ?

— Ça va, maman. Je crois que je vais aller au conservatoire.

— Votre père l'a formellement interdit.

— Mais, maman, je vous assure que…

— Vous ne vous souvenez de rien ?

Alix soupire. Que raconter à sa mère ? L'inquiéter davantage ? Pourtant… cette maison les concerne tous…

— Ce capharnaüm a peut-être des raisons qui

nous dépassent... hasarde-t-elle, le regard perdu sur l'amas de livres et de planches.

— Que voulez-vous dire ?

— Solange m'a raconté des choses étranges à propos de cette maison...

— Oh, Solange ! soupire Marie-Odile en balayant l'évocation.

— Je... maman, je ne vous ai pas tout dit.

Marie-Odile, les mains serrant le dossier du fauteuil, plisse les yeux et pince les lèvres.

— Ce n'est pas moi qui jouais.

— Votre père vous a bel et bien vue jouer.

— Quand il a crié pour la première fois, ce n'est pas moi qui jouais. La... musique venait de... je ne sais où. Mais je vous jure, maman, que c'est vrai. Me croyez-vous ?

— Oui... souffle sa mère après un long silence. Moi non plus, je ne vous ai pas tout dit...

Elle écarquille les yeux, ouvre la bouche, son regard chavire et elle s'effondre derrière le fauteuil. Alix se précipite vers elle, lui prend la main, la tapote.

— Maman ?...

Son visage est livide, la tempe marbrée d'une veine bleutée. Alix s'enhardit à lui frapper doucement la joue, sans aucun effet. Elle se lève pour chercher de l'aide.

— Alix…

— Maman !

— Ça… ça va aller, ma fille, souffle Marie-Odile en se redressant sur un coude.

Elle veut se lever, gémit, retombe.

— Ne bougez pas, maman, je cours chercher de l'aide !

— Non. Aide-moi, Alix…

Une vague de chaleur l'envahit en entendant sa mère la tutoyer. Elle passe le bras sous le sien et offre son épaule. Marie-Odile s'y retient, se relevant tant bien que mal. Alix retourne le fauteuil, sa mère s'y affale.

— Vous êtes vraiment souffrante. Que pense père ?

— Votre père est très absorbé par son travail.

— Il ne vous a pas auscultée ?

— Je lui demanderai demain… Je vais me coucher.

Marie-Odile se redresse et reste un instant immobile, en appui contre le bras du fauteuil. Alix remarque que son chignon est fait à la va-vite, quelques cheveux traînent sur son cardigan de cachemire. Un laisser-aller inconcevable, un mois plus tôt. Elle pose la main sur le bras de sa mère.

— Puis-je vous aider ?

— Oui… Volontiers.

Marie-Odile fait halte dans l'escalier et regarde autour d'elle. Alix brûle de la questionner, mais n'ose. La maison immense et silencieuse semble attendre.

— Ce n'est pas moi qui jouais… répète-t-elle, en espérant une réaction de sa mère.

Mais elle ne répond pas, perdue dans ses pensées.

— Je n'aime décidément pas cette maison, finit par dire Marie-Odile, en la quittant brusquement.

Alix tend la main vers sa mère, qui s'éloigne ; elle voudrait l'appeler, lui demander ce qu'elle lui cache. Savoir ! Être deux…

— Maman ?

Sa mère se contente de secouer la tête sans se retourner. Alix sait qu'il serait vain de la rattraper.

Elle descend l'escalier silencieusement, prend son sac, son manteau, se glisse en direction de l'office, hasarde un œil : la cuisine est déserte, le sifflement d'un tambour d'essoreuse monte par la porte entrouverte de la cave. « Solange est dans la buanderie, elle ne me verra pas sortir, super ! » Alix traverse le parc en courant, priant pour que personne ne s'aperçoive de son absence.

Alix s'arrête devant le Dream's Drumadoom et fait mine de chercher quelque chose dans son sac pour se donner une contenance. Elle hésite à entrer, sachant qu'elle devra alors affronter les regards d'une meute de carnassiers, affalés sur les tabourets, mais l'idée que Samy pourrait être à l'intérieur lui donne des ailes. Elle respire un grand coup et plonge à l'intérieur. À cette heure, pas grand monde. Le barman, debout sur un tabouret, change un spot au-dessus du bar. Alix va directement dans la petite salle du fond. À part un couple d'amoureux, personne. Que faire ? Rester ici à l'attendre en espérant qu'il vienne ? Peut-être a-t-il laissé un message au barman…

— Excusez-moi, demande-t-elle au garçon, redescendu de son tabouret, Samy ne vous aurait pas laissé un message ?

— Samy ? Il y en a quelques-uns, ici…

— Il a des… des genres de tresses…

— Ah, le Samy chanteur. Il est passé ce midi. Attends, oui ! En partant, il m'a remis un bout de papier… C'est comment, ton nom ?

— Alix, répond-elle, le cœur en feu.

Le barman ouvre un tiroir sous la caisse, fouille et finit par sortir une feuille quadrillée. Il la retourne et lit.

— Alix, c'est bien ça. Tiens !

Les mains tremblantes, le souffle court, elle déplie le billet.

Il est quatre heures, je ne peux pas rester plus longtemps à cause d'un enregistrement. Je ne repasserai pas au DD aujourd'hui. J'y serai demain à midi. Téléphone-moi dès que tu peux. Si tu lis ce billet, je veux que tu saches que je pense très fort à toi.

Alix le lit une fois, deux fois… Le barman, accroupi derrière le comptoir, emplit le frigo de canettes.

— Il y a une réponse ? lance-t-il en l'entendant sortir.

— Euh… Non, merci, ça ira. Enfin, si. Dites-lui que je suis passée, se ravise-t-elle au cas où aucun téléphone ne fonctionnerait nulle part.

Elle plonge dans la première cabine téléphonique venue et compose le numéro de Samy. À la cinquième sonnerie, la boîte vocale se déclenche : « Alix, je suis en studio d'enregistrement jusqu'à vingt et une heures. Impossible d'ouvrir mon portable. Laisse un message. »

— Samy ? C'est moi… Je suis passé au Dream's Drumadoom… J'ai lu ton message. J'essaierai de t'appeler ce soir. Ne t'inquiète pas si je ne peux pas. D'accord pour demain. Euh… Ben… Je… je pense très fort à toi aussi.

Alix raccroche, le rouge aux joues.

La nuit est tombée quand elle descend de l'autobus. En s'approchant de la grille, elle a le fol espoir de voir la mobylette contre un platane, mais l'avenue du Grand-Harlack est désespérément déserte, et le mur du parc court à perte de vue. Elle n'a pas envie de glisser la lourde clef dans la serrure, de passer près du combat sans issue de la jeune inconnue et de l'engoulevent, de frôler le massif de rhododendrons et, par-dessus tout, de s'approcher du bassin, mais il n'y a aucun détour possible, aucun moyen de rentrer autrement. Elle s'adosse à la grille en espérant de toutes ses forces entendre au loin un moteur de mobylette mouliner la nuit, mais seul le chuintement feutré de quelques berlines peuple le silence de l'avenue. « Je ne vais pas passer la nuit ici… », se raisonne-t-elle en sortant, finalement, la clef de son sac. Elle a beau connaître le claquement de la serrure, le grincement de la poignée, se dire qu'elle les entend tous les jours, une sourde angoisse la saisit. Une angoisse de non-retour. Derrière elle, la ville, la vie, Samy. En face, l'allée d'un gris phosphorescent, les cris silencieux des grands arbres, la masse des rhododendrons et la pierre. La pierre du bassin, la pierre de la façade, la pierre qui pèse et se referme. « Fuir ! » Comme un automate, elle referme la grille dans un claquement sourd.

Chapitre 7

Alix s'approche lentement du bassin. La lune marque ses reflets noirs d'un trait livide, hachuré de roseaux. Il semble sans fond. Elle s'accroupit et trempe la main dans l'eau, se laisse gagner par le froid jusqu'à l'engourdissement. Elle retrousse sa manche, plonge le bras. Ses doigts effleurent le fond visqueux. « De la vase et des algues. Rien d'autre. Les fantômes n'existent pas. » Elle redresse la tête et regarde la façade avec défi.

— Les fantômes n'existent pas ! lance-t-elle à la nuit.

Elle retire son bras et pose sa main sur son front. L'odeur lourde, fétide, de la vase lui lève le cœur.

— Les fantômes n'existent pas ! répète-t-elle plus fort.

Une longue herbe naufragée zigzague sur son bras comme une balafre. Elle l'enlève délicatement et la rejette à l'eau.

— Il n'y a que moi qui joue dans cette maison ! Je vais le prouver ! s'écrie-t-elle.

Elle se précipite dans sa chambre, lance son manteau sur le lit, s'assied, prend son violoncelle et entame une suite de Bach. La musique monte, emplit la maison. Alix fait reculer les ombres à chaque coup d'archet. Et l'archet va et vient, et les ombres reculent, et les fantômes n'existent pas. Les notes traversent les planchers, les plafonds, sèchent les murs des pièces vides, colmatent les tuyauteries rouillées. Le cœur d'Alix se fond dans la musique, jamais elle n'a joué si bien. Sa chambre est plus lumineuse, plus chaude. Elle aime les cadres qui la décorent, le poster du danseur étoile qui s'envole vers les étoiles et qu'elle ne regardait plus. Après le dîner, elle trouvera le moyen de téléphoner à Samy et de parler de tout, en chuchotant, sauf des fantômes. Car ils n'existent pas. Il n'y a que la musique. Et l'amour, ose-t-elle encore à peine s'avouer. Elle regarde la pile de partitions sur son bureau, en fait l'inventaire… ça y est ! Elle sait ce qu'elle va jouer tout de suite. Un morceau de Brahms qui vous emporte le cœur bien plus loin que le ciel. La partition est là, près de la bouteille d'encre avec un dragon sur l'étiquette d'un rose fané. La silhouette d'un dragon bleu nuit crachant une flamme violette. La bouteille qu'il est impossible d'ouvrir. Qu'est-ce qu'elle faisait dans la pièce vide ? Personne ne l'a jamais rangée… Alix pose son archet, se lève et prend le flacon. Le niveau de l'encre arrive juste au milieu de la flamme. Elle essaie de dévisser le bouchon pour en sentir le parfum, tout en sachant qu'il est soudé par le temps. Elle aurait aimé répondre à Samy en y trempant sa plume. « L'encre de Clémence. C'est avec elle que tu écrivais des mots d'amour à Dieudonné ? Tu étais amoureuse, hein, Clémence ? » Alix se retient d'ajouter : « Comme moi. » Coup de foudre pour ce grand Samy à la voix si douce. Ce grand Samy qui est venu tout de suite, sans poser de questions, et qui l'a serrée dans ses bras. Ce grand Samy qui écrit de si belles choses à l'encre bleue. Elle dépose la bouteille, prend la feuille quadrillée toute chiffonnée qu'elle a lancée, morte d'angoisse, sur son bureau, la déplie…

Bleuets bluesy si bleu lilas,
Vos yeux, bluesy, n'ont pas dormi…

Bleuets bluesy si bleu lilas,
Vos yeux bluesy ne voient que lui…

Elle ouvre le tiroir de sa table de chevet, sort le petit miroir vénitien qu'elle y cache, l'approche de son visage. « Mes yeux bluesy… mes cernes. Ils sont horribles, mes yeux ! Je n'ai pas enlevé ce gros point noir sur mon nez… Ma peau luit… Je suis affreuse. Qu'est-ce qu'il me trouve ? Il m'a donné sa chanson, avec le numéro de son portable. Il fait comme ça avec toutes les filles ? Qu'a dit Rozenn ? "Méfie-toi Alix, c'est un dragueur." Il a répondu "Méfie-toi, Alix, c'est une menteuse"… J'ai ri comme une idiote ! J'ai un gros nez… avec un point noir… » Alix ferme les yeux et ravale un sanglot. Ses yeux bluesy ne voient que lui… Une note naît en elle, une autre… Les notes se suivent, s'accordent… Elle ouvre les yeux, revoit l'avenue et le petit phare bringuebalant de la mobylette tout au fond de son reflet. « Est-ce qu'il aurait accouru ainsi pour une autre fille ? Est-ce qu'il aurait changé l'annonce de son portable ? » Les notes viennent de plus en plus, un air grandit, bleuets bluesy si bleu lilas… ré, si, do la… Vos yeux, bluesy… fa, sol, mi…

Alix se précipite vers son violoncelle et chante la chanson de Samy en s'accompagnant. L'air surgit de nulle part, l'enveloppe, la guide, la transporte…

Il faudrait l'écrire ! Elle saisit son cahier de composition et transcrit la musique sur les portées. Elle le pose sur le pupitre, la joue une fois, deux fois… La joue en chantant, en rêvant de la chanter à deux voix… Il est sept heures et demie à la petite pendule de la table de chevet. Il a dit : « Pas avant neuf heures. » Tant pis, elle laissera un message !

Elle dévale les escaliers jusqu'au bureau de son père, s'assure que sa mère n'est pas dans les parages et s'élance vers le téléphone. La plupart des livres ont été rangés en piles, le parquet, balayé. Elle décroche, appuie plusieurs fois sur la barre d'appel, mais il n'y a que silence sourd dans le combiné. La ligne est coupée. Arrachée en déplaçant un objet ? Elle prend le fil en main, le suit jusqu'au mur. Tout est en ordre. Une panne de réseau, peut-être… Il y a un autre téléphone dans la chambre de sa mère et un troisième dans celle de son père, de l'autre côté du couloir. Alix frémit à l'idée de se risquer dans la chambre paternelle. Elle n'ose imaginer ce qui se passerait si on l'y surprenait, mais il lui semble entendre la voix chaude de Samy : « C'est tes parents, ils vont pas te manger ! Allez, quoi, vas-y ! »

Elle monte l'escalier pas à pas, retenant sa respiration, attentive à ne pas faire grincer la moindre marche.

— Mademoiselle Alix ?

Elle se fige.

— Oui Solange ?

— Le dîner est servi.

— Merci Solange. Je préviens maman.

— Madame est descendue.

« Merde ! »

Alix descend à contrecœur en jurant comme Rozenn, tout bas.

— Bonsoir maman. Vous vous êtes reposée ?

— Un peu… beaucoup… Autant dire, pas du tout, sourit tristement sa mère. Dès que votre père sera là, je lui demanderai de m'ausculter. Cette fatigue qui n'en finit pas… Cette perte d'appétit. Ça ne m'est jamais arrivé, je ne comprends pas. Et vous, ma fille ?

— Ça va mieux. J'ai composé un air !

— Un air ? Mais c'est très bien, ça !

— Écoutez…

Alix chante, et la vie et la joie enflamment la grande salle à manger. Dans le silence qui suit les dernières notes, elle n'ose regarder sa mère. Mais sa mère pose la main sur la sienne.

— C'est très beau, Alix. Tu es vraiment une artiste.

— Merci, maman, répond-elle, aussi ravie par

le tutoiement que par le compliment de sa mère.

Elle la regarde comme si c'était la première fois et se dit, pour la première fois aussi, qu'elle est une femme. Qu'elles sont entre femmes. Alix brûle de lui parler, de lui dire que c'est un chant d'amour, que Samy est beau comme un ange.

— C'est la première fois ?

— Vous… voulez dire la première fois que je suis am… ?

Marie-Odile fronce les sourcils pour dissimuler un sourire.

— La première fois que tu composes, bien sûr.

— Oui, maman, bien sûr. Je… Oui, la première.

Alix se sent tellement rougir qu'elle détourne les yeux vers la pendule de la cheminée.

— Solange traîne, vous ne trouvez pas ? dit-elle pour faire diversion.

— En effet, répond sa mère au moment où le carillon Westminster sonne le dernier quart de dix-neuf heures.

— Peut-être un problème ? J'y vais ! propose Alix, désireuse d'éviter une inquisition.

Sa mère acquiesce, aussi quitte-t-elle rapidement la salle à manger. La table de service est à l'entrée de la cuisine déserte, prête à être acheminée.

— Solange ? Vous êtes là ?

Seul le tintement d'un couvercle de marmite,

battu de vapeur, meuble le silence. La porte de la buanderie est ouverte. Peut-être Solange y est-elle descendue ? Alix contourne la table roulante et hurle. Une forme humaine couverte de boue gît au milieu d'une mare brunâtre entre l'énorme fourneau de fonte noire et l'entrée du sous-sol. Elle est sur le ventre, les bras en croix, les cheveux emmêlés d'algues et d'autre chose. Un remugle d'égout monte des loques dégoulinantes, grisâtres, qui la couvrent. Elle remue, soudain sursaute, prise d'un spasme, et se met à battre frénétiquement des bras et des jambes. Alix, paralysée, se mord le poing. Des pas la rejoignent.

— Solange ! s'écrie Marie-Odile. Appelle le SAMU ! ajoute-t-elle à Alix en se penchant vers la cuisinière.

Alix se précipite vers le bureau de son père, se rappelle que le téléphone ne fonctionne pas et s'élance dans l'escalier, vers la chambre de sa mère. Elle décroche, frappe furieusement la barre d'appel du bout des doigts, en vain. « Pas moyen d'appeler Samy, se désespère-t-elle en s'asseyant sur le lit défait, ni le SAMU ! » Elle se lève à contrecœur.

Solange, méconnaissable, attablée devant un verre d'alcool, parle d'une voix sourde. Marie-Odile, assise en face d'elle, l'écoute avec attention. Elle est d'une pâleur extrême. Alix s'approche à pas feutrés et se pose derrière sa mère.

— D'abord l'odeur… raconte Solange. Une puanteur de charogne… Puis… comme un pas, derrière la porte de la buanderie… J'ai ouvert… une masse de boue… a surgi de la cave ! Et je… et je…

Solange, le visage grossièrement débarbouillé, avale une gorgée d'alcool, incapable de poursuivre. Marie-Odile se retourne vers sa fille :

— Le SAMU est prévenu ?

— Le téléphone ne marche pas.

— Il nous faut de l'aide.

Alix ne peut détacher les yeux de l'escalier de la buanderie et des caves. La citerne d'eau de pluie, le puisard…

— Je… si Madame le permet, je crois que je vais rentrer…

— Mais bien sûr Solange. Vous en sentez-vous la force ?

La cuisinière se contente de hocher la tête en se levant lourdement, les vêtements maculés, trempés.

— La salle de bains est à votre disposition. Je vous prépare des vêtements.

— Pauvres... Madame et Mademoiselle... Votre dîner...

— Notre dîner ! répète Marie-Odile en levant les yeux au ciel.

Elle saisit la bouteille d'alcool, emplit un verre et l'avale d'une traite.

— Je vais me changer et prendre quelques affaires, pendant que Solange occupe la salle de bains. Faites de même, ma fille. Cette nuit, nous dormirons à l'hôtel.

« Et je pourrai téléphoner à Samy... »

Alix met fébrilement du linge dans un fourre-tout et glisse dans son sac son cahier de composition, avec l'air qu'elle vient d'écrire. Son regard se pose sur la bouteille d'encre. Elle tend la main, mais se ravise. « Rien d'ici, rien de cette maison ! » Le souffle court, le sac dans une main, l'étui du violoncelle dans l'autre, elle se presse vers la chambre de sa mère, toque doucement.

— Maman, je suis prête.

Aucune réponse.

— Maman, vous êtes là ?

Alix s'enhardit à entrouvrir la porte. Sa mère est étendue, tout habillée, en travers de son lit. Elle se précipite vers elle, la secoue, mais Marie-Odile est plongée dans un sommeil comateux.

Alix se souvient du verre d'alcool qu'elle a vidé d'un trait et se souvient aussi des calmants, des antidépresseurs, des somnifères de la boîte à pharmacie… Sa mère, livide, n'est plus qu'une poupée de chiffon. Alix sent les murs se rapprocher, la maison entière l'observer dans un silence suffoquant. Solange ! Elle est peut-être encore là ? Alix s'élance vers la salle de bains… Personne ! L'office ? Elle dégringole les escaliers. La cuisine déserte empeste la vase et la charogne. La porte de la buanderie est toujours ouverte. Qu'irait y faire que Solange ? Enfourner ses vêtements maculés dans le lave-linge, bien sûr ! Alix s'arrête en haut des marches de grès bleu s'enfonçant dans l'obscurité. Elle allume. Une traînée vert-de-gris, vaseuse, souille le carrelage blanc et noir.

— Solange ?

Le cœur battant, le ventre noué, Alix se risque à descendre. Le hublot du lave-linge est ouvert, le séchoir, fermé. La planche à repasser est pliée contre le mur, et une manne de linge propre attend sur la grande table. L'empreinte visqueuse passe sous une porte de chêne, l'entrée des caves. Alix fixe, hypnotisée, cette porte qui l'appelle irrésistiblement. Une voix lui crie, au fond d'elle, que la mort est là, derrière, qui l'attend, mais Alix avance, au bord du vertige. Elle pose la main sur la poignée. Un frottement, quelque chose remue derrière elle, elle se retourne. Une grande silhouette noire, encagoulée, la saisit, l'attire vers elle. Elle n'a pas le temps de crier qu'une main puissante la bâillonne.

Chapitre 8

— Chut, c'est moi.

— Samy !

Samy, tout sourire, abaisse la capuche de son survêt, libérant ses dreadlocks dans une avalanche de perles. Elle se jette dans ses bras et se blottit contre lui.

— Comme t'appelais pas, je me suis dit qu'il y avait peut-être un problème… Alors, j'suis venu, explique-t-il en lui caressant doucement les cheveux.

— Samy… Samy… Comment as-tu fait pour entrer ?

— Je suis monté sur la selle de ma mob, je me suis accroché au mur, un petit rétablissement, et hop !

— Et hop ? Un mur de deux mètres cinquante ? Tu fais ça comme ça ?

— Six heures de varappe par semaine, ça aide !

— Quel sportif !

— Surtout nerveux. Ça me calme… C'est une vraie forêt, le parc ! Heureusement, j'me suis pas perdu.

Alix ne peut s'empêcher de sourire, le nez enfoui dans le blouson en jean du garçon.

— Tu es là !

— J'ai fait super-gaffe de pas me faire repérer. Je me suis caché dans un buisson près de l'étang et j'ai attendu la bonne occase pour entrer. Comme il se passait rien, je me suis risqué à prendre le petit escalier sur le côté. Je t'ai vue descendre ici et me voilà !

— Il s'est passé plein de choses… frissonne-t-elle.

— Raconte.

— Pas ici. Viens, dit-elle en lui prenant la main.

Elle s'arrête à l'entrée de la cuisine, toujours aussi déserte.

— Solange ?

Pas de réponse.

— Attends-moi, chuchote-t-elle. Si quelqu'un vient, tu te caches dans la buanderie.

Elle rejoint le hall sur la pointe des pieds.

— Solange ?

Aucune réponse. « Elle est rentrée. » Alix fait demi-tour et entraîne Samy à l'étage, dans sa chambre.

— Ne bouge pas, je reviens, souffle-t-elle en s'éclipsant.

La porte de la chambre de sa mère est toujours entrouverte, Marie-Odile étendue en travers des couvertures. Alix la pousse au milieu du lit, la recouvre, se penche pour écouter son souffle. Il est régulier et lent, comme celui du sommeil profond. Elle place la main sur son front, il lui semble brûlant. « Pauvre maman. Heureusement, Samy est là ! » Elle prend son sac et son violoncelle, au pied du lit.

Samy, mal à l'aise, l'attend debout au milieu de la pièce.

— Tu pars ? demande-t-il à la vue du fourre-tout et de l'étui.

— Maman voulait qu'on passe la nuit à l'hôtel. Parce que…

Elle s'interrompt, regarde Samy.

— Si on était parties, on se serait manqués !

— J'sais pas si j'aurais osé sortir de mon buisson en voyant ta mère…

— Elle est malade. Elle… elle dort. Enfin, on peut dire ça comme ça. Je ne parviens pas à la réveiller… Elle a bu de l'alcool, et comme elle prend des antidépresseurs…

— Ah ouais ? L'alcool… répète Samy en faisant la moue.

— Elle n'est pas alcoolique ! Nous avons eu tellement peur…

Samy regarde le haut plafond, les moulures, les fenêtres à double battant que le papier peint fleuri, les cadres et les posters ne parviennent pas à égayer. Alix surprend son regard.

— Elle n'est pas drôle, cette maison.

— Y en a de la place, ici ! Mais je préfère mon HLM…

— Dans ton HLM, il n'y a pas de…

Alix se tait, de peur d'être ridicule.

— Pas de quoi ?

— Tu me promets que tu ne riras pas ? demande-t-elle d'une petite voix misérable.

— Je te promets ! réponds gravement Samy.

— Il y a un fantôme.

Samy a beau faire un effort, la succession d'expressions qui passe sur son visage ne peut mentir. Alix baisse les yeux et s'assied lourdement sur le bord de son lit. Samy la rejoint.

— Je peux m'asseoir ?

Alix, soudain troublée par la présence du garçon dans sa chambre, acquiesce d'un mouvement de tête. Samy s'assied à côté d'elle et se mordille les lèvres.

— Je ne crois pas aux fantômes, dit-il au bout d'un moment.

— Je n'y croyais pas non plus…

— Tu as vu… quelque chose ?

— Oui… souffle-t-elle.

— Raconte, demande-t-il, plus perturbé qu'il ne voudrait l'admettre.

Prise d'un violent frisson, Alix va à la fenêtre et, le regard perdu dans le parc obscur, restitue les événements des derniers jours. Au début, elle a du mal à trouver ses mots, à terminer une phrase, mais peu à peu, encouragée par le silence attentif de Samy, elle se passionne, la révolte contre ces horreurs se mêle à la peur.

— Si ce n'est pas le fantôme de Clémence, je me demande ce que c'est ! conclut-elle, n'osant se retourner.

Le sommier grince, Samy se lève, prend la bouteille d'encre et tente de tourner le bouchon, sans parvenir à l'ouvrir. Il la dépose délicatement sur le bureau.

— Tu peux me montrer le poème ?

Alix sort l'enveloppe de son sac, la lui tend. Samy l'ouvre, sort le morceau de papier peint, l'examine longuement avant de lire.

— C'est beau… souffle-t-il, ému. Tu me montres la pièce vide ?

Dans le couloir, l'un et l'autre marchent, sans s'en rendre compte, sur la pointe de pieds, en silence, retenant leur souffle. Alix ouvre doucement la porte. L'odeur malsaine la saisit, elle veut refermer, mais Samy passe devant elle et s'avance dans l'obscurité jusqu'au milieu de la pièce. Alix allume aussitôt. La tache n'a pas bougé. Une croûte jaunâtre s'est formée sur le plâtre boursouflé, moisi, là où elle avait enlevé le papier peint. Là où, le lendemain, s'était écoulé un liquide purulent. Samy s'en approche, l'inspecte, se tourne vers Alix.

— Ça sent bizarre… lâche-t-il, à court d'explication.

— La putréfaction… souffle Alix.

— Ça sent autre chose, aussi… chuchote Samy.

— J'ai peur, viens ! murmure-t-elle en l'entraînant dehors.

Une vibration sourde, au fond de la pièce, suivie d'un sifflement les fait sursauter. Un filet de vapeur monte au pied du radiateur près de la fenêtre, tandis qu'un jet de liquide s'écoule sur le plancher.

— Une fuite ! lance Samy.

Ils se regardent et sourient de soulagement.

— C'est une vieille maison, poursuit-il. Alors, bon, il y a des fuites, des craquements, des bruits, un peu partout…

— Un peu partout et surtout dans ma tête ?

— Non, ce n'est pas ce que je veux dire, mais…

— Mais quoi ? J'aimerais tellement, tellement, que ce soit dans ma tête ! répond Alix, au bord des larmes.

— Écoute, on va visiter tout, ensemble !

Il prend ses mains dans les siennes.

— Tu as froid.

— J'ai si peur.

— T'inquiète, c'est le décor. Gothique de chez gothique, comme dans les films d'horreur, s'exclame-t-il en montrant le couloir. On y va !

Les lambris foncés, les moulures du plafond, l'encadrement des portes semblent boire la lumière des appliques. Au fond, une porte donne sur l'étroit escalier qui conduit aux combles. Alix s'y sent irrésistiblement attirée.

— Elle conduit où, la porte au bout du couloir ?

— Aux combles. Je ne veux pas visiter ! frissonne-t-elle.

— Il n'y a que ta mère et nous, c'est le

moment, non ? Puisque je te dis que les fantômes, ça n'existe pas !

— Moi aussi, tout à l'heure, je disais qu'ils n'existent pas.

La porte claque. Samy ne fait ni une ni deux, il se précipite.

— Attends-moi ! chuchote-t-elle, sur ses talons, effrayée à l'idée de se retrouver toute seule.

— Simple courant d'air... sent... dit-il en passant la main entre la porte et le chambranle.

Alix tend un doigt hésitant. Un filet glacé l'effleure.

— On y va, décide-t-il en ouvrant et en actionnant l'interrupteur.

Une faible ampoule éclaire un bref instant un escalier de bois perdu sous la poussière et les années avant d'éclater dans un bruit mat. Alix et Samy se regardent sans un mot. Coïncidence ? La lumière du couloir, rasant les murs de la cage d'escalier, souligne les lézardes et les débris de plâtre jonchant les marches. En haut, une simple porte de planches. Samy précède Alix, prudemment, une marche après l'autre. Il s'arrête soudain.

— Tu entends ?

Alix dresse l'oreille. Un crépitement infime naît autour d'eux.

— Quelque chose crachote… chuchote-t-elle, en empoignant sans s'en rendre compte le survêt de Samy.

— Ça vient de partout.

Alix sent Samy tendu comme un chat, les muscles bandés, prêt à frapper. Il se met à étudier les murs, le plafond, passant lentement les doigts le long des lézardes. Le pétillement se transforme en un chuintement, omniprésent, si proche qu'Alix se frotte nerveusement les oreilles. La chair de poule la picote partout, elle rentre la tête dans les épaules avec l'envie de hurler, de fuir à toutes jambes, mais Samy continue inlassablement. Brusquement, il retire la main avec un cri de dégoût.

— Ça coule…

Un liquide sombre suinte des lézardes. Samy l'observe, fasciné. Il y pose un doigt hésitant, le liquide se répand tout autour. Il appuie, un filet glacé s'écoule dans sa manche. Il regarde son poignet.

— Du sang ! s'écrie-t-il en reculant d'un bond.

Chapitre 9

Un gargouillis domine alors le crachotement. Des dizaines de filets noirâtres s'écoulent des lézardes comme d'une plaie, dans un clapotis de plus en plus marqué. Une odeur de tissu noyé, pourri, s'exhale des murs, de l'escalier, de la porte en haut des marches. Un souffle rauque un peu rapide, comme si quelqu'un de légèrement essoufflé essayait de reprendre sa respiration, envahit la cage d'escalier. À la lumière rasante du couloir, le ruissellement augmente et s'écoule par pulsations.

— Non ! Pas encore… murmure-t-elle, terrifiée, en se rappelant cette présence insaisissable, si proche, dans la chambre vide.

— La maison saigne ! lance Samy d'une voix sourde.

— Vite ! siffle Alix en le tirant vers le couloir.

Le ventre de Samy se noue, il recule d'un pas. Fuir ? Montrer qu'il a peur ? Il se raidit.

— Une minute ! dit-il en se libérant de l'étreinte d'Alix.

D'un bond, il gravit les dernières marches et ouvre la porte des combles. Un son inarticulé déchire l'obscurité. Il fait un pas, quand une masse dégoulinante le heurte violemment au visage. Il recule sous le choc, perd l'équilibre et bascule en arrière. Alix essaye de le retenir de toutes ses forces, mais ils dégringolent sur les marches glissantes jusqu'au couloir. Samy, le visage couvert de souillures fangeuses, se relève le premier, prenant Alix par la main.

— Tirons-nous !

— Et ma mère ?

— On se débrouillera, viens !

Marie-Odile n'a pas bougé. Son visage cireux est celui d'un gisant. Alix, sans même essayer de la ranimer, rejette les couvertures et la tire vers le bord.

— Prends-la sous les bras, tu es plus fort, lance-t-elle.

Samy n'ose avancer dans la chambre, encore moins soulever la mère d'Alix.

— Allez, à deux, ça le fera !

Timidement, le garçon glisse les mains sous le dos de Marie-Odile. Elle a beau être légère, ils sont à bout de souffle quand ils atteignent l'escalier. Ils le descendent lentement, veillant à ne pas manquer une marche.

— Là, en bas ! s'écrie Samy, en s'arrêtant net.

— Quoi ?

— Une… j'sais pas, quelque chose de sombre a traversé le couloir, très vite.

Alix se retourne, manque une marche et tombe. Samy parvient à garder Marie-Odile dans ses bras, sans chuter. Il la dépose délicatement et rejoint Alix, qui se tient la cheville en gémissant.

— Ça va ?

Alix hoche la tête, tente de se relever, mais gémit de douleur.

— Ma cheville… Je crois qu'elle est foulée.

— Faut appeler les pompiers !

Samy plonge la main dans la poche de son survêt, fouille, jure, fouille dans les autres poches.

— Mon portable ! Je l'ai plus. Je l'ai perdu en sautant le mur ! Je vais voir. Bouge pas !

— Si tu ne le retrouves pas, il y a une cabine téléphonique !

— J'arrive !

Alix voit avec angoisse Samy descendre à toute vitesse et tourner en direction de l'office. Elle est seule, assise sur cet escalier, avec sa mère inconsciente… Elle enlève son gilet, en fait une boule et la pose sous la tête de Marie-Odile. « Qu'est-ce qu'il a vu passer ? Qu'est-ce qui rôde en bas ? La maison… saigne. » Elle se retourne, regarde vers les étages, rentrant la tête dans les épaules. Un souffle rauque un peu rapide, comme si quelqu'un de légèrement essoufflé essayait de reprendre sa respiration, s'élève non loin d'elle.

« Pourquoi je l'ai pas attaché à mon cou, mon portable ? se répète Samy en entrant dans la cuisine déserte. Les pompiers seraient déjà en route ! » La porte est ouverte sur le parc venteux, grondant de tous ses arbres secoués, malmenés. Samy revoit le bassin près du buisson, où il s'était caché. Les reflets embrasant l'eau, plus noire que la nuit. L'eau sans fond… Il regarde son poignet, souillé de traces rougeâtres, se rappelle les ignobles filets gargouillants dégouliner des murs. Son visage brûle de la chose innommable qui l'a giflé dans les combles. Traverser ce parc aussi grand qu'une forêt ? Avec ses massifs de branchages et d'épines et de cauchemars qui vous sautent à la face ? Samy parcourt l'office du regard, il s'arrête sur un présentoir de couteaux à trancher et choisit celui avec une lame large de quatre doigts, longue comme l'avant-bras. Il l'empoigne, assure la prise en main. Rassuré, il peut affronter la nuit.

Un borborygme étouffé monte de la buanderie. Le silence retombe. Un lave-linge ? Il dresse l'oreille. Aucun ronronnement de moteur électrique, aucun claquement de changement de programme. Seuls le mugissement du vent dans les branches, dehors, et l'implacable tic-tac de l'horloge comtoise à côté d'un vaisselier peuplent le silence. Serrant le manche du couteau à se blanchir les phalanges, Samy s'aventure jusqu'à l'entrée de la buanderie. L'endroit est désert. Le ventre noué, les mâchoires serrées, tous les muscles bandés, il descend silencieusement l'inspecter dans ses moindres recoins. Pas question de laisser planer l'ombre d'une menace sur Alix et sa mère. Tout est rangé, en ordre, si ce n'est la trace fangeuse. La porte de la cave est entrouverte. Il lui semble qu'elle était fermée quand il a rejoint Alix. Une porte ne s'ouvre pas toute seule et, ici, pas de courants d'air… Il hasarde un œil dans l'ouverture. Un couloir de briques crues au sol de dalles se perd dans l'obscurité. Samy baisse les yeux sur la serrure : pas de clef pour la fermer. Que faire ? Remonter et… et quoi ? Alix s'est foulé la cheville… Porter sa mère sur son dos ? Pourquoi pas ! Elle ne pèse pas une tonne… Il faudrait une canne pour Alix. Ça doit se trouver, une canne, dans cette vieille baraque ! Quelque chose traverse d'un trait l'obscurité au fond du couloir. La même chose qu'il a vue en descendant. « Merde ! C'est quoi ? » Si Alix pouvait courir, il remonterait fissa. Il imagine quelque chose se précipitant vers elle dans l'escalier, pendant qu'il est dehors, et Alix criant de terreur, suppliant, l'avant-bras replié sur son visage. Samy ferme les yeux, respire un grand coup et ouvre doucement la porte. Le rai de lumière s'agrandit, inonde le couloir, découpant son ombre sur les dalles. Le couteau bien en main, il avance lentement, prêt à frapper. Les portes fermées des nombreuses caves marquent le couloir à gauche et à droite, tandis qu'il s'enfonce dans le noir. « Les fantômes n'aiment pas la lumière. Il est où, l'interrupteur ? » Un léger frottement lui fait tourner la tête à gauche. Quelque chose est là, tapi au fond d'un cellier. Samy, immobile, la lame en avant, entend un souffle rauque un peu rapide, comme si quelqu'un de légèrement essoufflé essayait de reprendre sa respiration. Il sent que la chose l'observe, prête à bondir. Il plie légèrement les jambes, se penche en avant, bras écartés, lame levée. Il ne crache pas sur la baston, Samy, surtout quand on le cherche. Ni lui ni la chose ne bougent. Samy s'attend à l'attaque à chaque instant. « Un fantôme, c'est que du vent ! Mais ça, ça respire... Ça en veut à Alix. » Samy crie et plonge en avant.

Le souffle de la chose s'est arrêté comme il était venu, mais la présence de la maison entière se resserre sur Alix. À chaque instant elle s'attend à sentir monter des remugles de putréfaction, à entendre des pas se traîner vers elle. Et Samy ? Il devrait être revenu. Même s'il ne retrouve pas son portable, la cabine est tout près. « Il ne sait pas que la grille d'entrée s'ouvre de l'intérieur. Il est peut-être ressorti en sautant le mur ? Il s'est peut-être blessé en tombant ? » Elle ne peut rester une seconde de plus à l'attendre, immobile comme une proie.

Alix se redresse sur une jambe, sautille jusqu'à la rampe. La canne que son père emporte à la chasse est dans le vestibule. En s'y appuyant, elle pourra rejoindre Samy dans le parc pour attendre les secours.

— Pardonne-moi de te laisser seule,

maman… chuchote-t-elle en descendant péniblement.

La lame de Samy ne rencontre que le vide. Il tombe en avant, sa tête heurte quelque chose avec une violence extrême. Une explosion de lumière, puis le néant.

Alix saisit la lourde canne d'if à pommeau d'ivoire et s'y appuie avec soulagement. Sa cheville gonflée, bleuâtre, est tellement douloureuse que chaque pas est un calvaire, mais il lui faut atteindre le parc pour appeler Samy. « Même si ça revient, je ne pourrai pas courir ! Mon Dieu, faites qu'il ne se passe rien, je vous en supplie ! » Elle se traîne pas à pas vers l'office, craignant sans cesse d'entendre le souffle rauque la suivre…

Samy ouvre les yeux dans le noir. De l'eau glacée emplit sa bouche, ses narines, il crie dans un bouillonnement de bulles, bat frénétiquement des jambes, crève la surface, crache, respire goulûment. « Où est-ce que je suis ? Qu'est-ce que je fous dans la flotte ? » Il bat des bras, des jambes avec horreur dans de l'eau tellement froide que ses membres s'engourdissent. Ses mains heurtent une surface lisse. Il la parcourt des doigts en largeur, en hauteur, trouve un rebord. Essoufflé, transi, il s'y appuie pour se redresser, y glisse un coude, lève la tête, mais se cogne violemment le sommet du crâne et retombe en lâchant le rebord. Il coule. D'un coup de reins, il regagne la surface, lève le bras, trouve le rebord, reprend haleine. C'est à peine s'il sent encore ses jambes engourdies. « Je vais me noyer ! » Il lève les yeux dans l'espoir d'apercevoir quelque chose… Un faible croissant grisâtre perce l'obscurité, en haut, à deux mètres. Il lève le bras dans sa direction, touche une surface rugueuse, humide. De l'autre main, il suit le rebord, sent une courbe. « Je suis dans une citerne ! »

— Alix ! Alix ! hurle-t-il avec effroi.

Un crissement lui fait lever les yeux. Le croissant grisâtre s'estompe à toute vitesse, la plaque de la citerne se referme dans un bruit métallique. L'obscurité totale s'abat sur les cris de Samy.

Alix s'appuie sur le rebord de table de l'office. « Si je m'assieds, je ne pourrai plus me relever, j'ai trop mal. » Elle tremble de fièvre et de douleur. La porte lui semble hors d'atteinte. « Samy, qu'est-ce que tu attends ? Viens vite ! Si au moins Solange était ici ! » La bouteille d'alcool et le verre sont toujours sur la table. Alix se demande si une gorgée ne lui donnerait pas du courage. Elle s'avance péniblement vers une chaise, s'appuie au dossier, hésite. « Le vin m'assomme. Alors, ça... » N'en pouvant plus de souffrir, elle se laisse tomber sur la chaise. « Juste une minute. » Elle ferme les yeux, un air naît en elle, l'air qu'elle a composé sur les paroles de Samy. Le fredonnant, elle se revoit avec lui dans la buanderie... Elle ouvre soudain les yeux : « Et s'il avait perdu son portable ici ? » Saisie d'un espoir insensé, elle se redresse douloureusement, se traîne pas à pas jusqu'à l'escalier. Aucun portable à terre. Peut-être a-t-il glissé sous la table ? Ou ailleurs ? Fredonnant sa Chanson de Samy pour se donner du courage, elle descend, manquant de crier à chaque marche. Aucun portable sous la table, ni ailleurs... Les larmes ruisselant sur ses joues, elle se rend compte qu'il va falloir remonter.

C'est au-dessus de ses forces. Elle se laisse choir sur un tabouret près du lave-linge. « Samy finira bien par revenir... Je n'ai qu'à l'attendre ici. » La fatigue la gagne, ses paupières pèsent sur ses yeux bluesy si bleu lilas... Bleuets bluesy si bleu lilas, vos yeux bluesy ne voient que lui...

— Samy !

Elle s'est assoupie une seconde et le visage de Samy lui est apparu, les yeux mi-clos, la bouche ouverte, au bord de l'agonie. Ses dreadlocks trempées dans de l'eau noire. L'image était d'un réalisme et d'une précision diaboliques. La porte des caves est ouverte, alors qu'elle était fermée tout à l'heure. Samy ? Qu'est-ce qu'il serait allé y faire ? Galvanisée par sa vision, Alix se lève et, ignorant la douleur, s'aventure à l'entrée du couloir obscur. Elle appuie sur l'interrupteur, allumant une série de faibles ampoules. Le couloir semble sans fin.

— Samy ?

Pas de réponse. Jamais encore elle n'est venue dans les caves. Samy ne s'y est pas aventuré pour retrouver son portable. Qu'est-ce qui aurait bien pu le pousser dans ce dédale d'ombre et d'oubli ? Elle a entendu son père en parler comme d'un inextricable labyrinthe. Les portes de part et d'autre semblent lui donner raison.

L'air revient sans cesse en elle et le visage de Samy, agonisant. Elle voudrait courir, ouvrir toutes les portes en même temps, mais sa cheville est torture et plomb fondu, calcinant les chairs. Elle se penche pour la masser, souffrant tellement qu'elle n'a plus de larmes, la gorge comme gonflée de cailloux brûlants. L'effleurement de ses doigts sur la peau tendue à se rompre lui arrache un cri. À gauche, la porte d'un cellier est ouverte sur de l'ombre et du silence. Un éclat fugace, une étincelle attire son attention. Elle s'appuie contre le chambranle et, du bout de la canne, l'amène à la lumière du couloir... Une perle rouge... Les dreadlocks !

— Samy !

Elle se penche à l'intérieur du cellier, découvrant d'autres perles. Ici, dans le couloir, une jaune, plus loin, une bleue... Alix les suit en boitant, en sautillant, le cœur battant, les mâchoires serrées à se rompre, et s'arrête à l'entrée d'une petite salle ronde. Quelques perles éparpillées, une plaque métallique au centre. L'odeur de la rouille et de l'eau pèse sur les lieux déserts.

— Samy ?

Elle retourne dans le couloir, l'inspecte soigneusement. Plus aucune perle ne scintille sur les dalles de grès bleu. Il est venu ici. Il peut se trouver n'importe où dans le « labyrinthe inextricable »... Pourquoi est-il descendu dans les caves ? Qu'est-ce qui l'a attiré ? « Il part appeler les pompiers en urgence. Soudain, il change d'avis et vient se perdre ici... Ça n'a pas de sens. Elles sont pourtant bien à lui, ces perles !

Alors ? » Alix, morte d'angoisse, se penche pour ramasser une petite perle jaune. « Où es-tu, Samy ? C'est quoi, cette pièce ronde ? Et cette plaque métallique, avec un gros anneau soudé au milieu ? On dirait le couvercle d'une citerne. » La vision revient... Samy... l'eau noire.

— Le puisard !

Alix se laisse tomber sur les genoux, glisse deux doigts dans l'anneau et tente de le soulever. En vain. Des sons très faibles lui parviennent d'en dessous... Des appels ? Samy est dans le puisard ! En train de se noyer... Ce n'est qu'une question de minutes, peut-être de secondes. Alix a beau forcer avec l'énergie du désespoir, la plaque ne bouge pas d'un millimètre. La canne ! Elle en introduit l'extrémité dans l'anneau, la tire à elle jusqu'à ce que le pommeau se coince dans l'anneau, puis, empoignant la tige d'if des deux mains, elle tire de toutes ses forces. Dans un grincement sourd, la plaque cède de quelques centimètres...

— Alix ? gémit une voix assourdie.

— Samy ! Courage !

De grincements en centimètres, avec la violente angoisse que le pommeau ne s'arrache, Alix dégage la plaque, sous les appels de plus en plus faibles de Samy. Quand enfin la bouche est suffisamment dégagée, Alix se met sur le ventre et rampe jusqu'à l'ouverture. S'agrippant au bord cerclé de cuivre verdi, elle risque la tête à l'intérieur. De l'eau noire bat et clapote à cinquante centimètres sous elle.

— Samy, tu m'entends ?

Seuls de faibles clapotis lui répondent. Se redressant, elle retire sa canne de l'anneau et la dirige en direction du bruit.

— Samy, accroche-toi à la canne, vite !

Immédiatement, Alix sent avec soulagement une pression dans un clapotement caverneux. Rassemblant ses dernières forces, elle tire et, bientôt, apparaissent les mains, puis le visage de Samy, les yeux mi-clos, la bouche ouverte, ses dreadlocks trempées perdant leurs perles dans l'eau noire… Criant de joie, Alix lui tend une main. Les doigts glacés du garçon s'y accrochent, elle lâche la canne et lui saisit le poignet.

— Agrippe-toi au bord, dit-elle en le tirant jusqu'à ce que ses doigts frôlent le pourtour de cuivre.

S'y accrochant, Samy ouvre la bouche, mais ne parvient qu'à balbutier de faibles sons inarticulés.

— Att… att…

— Tu es blessé ?

— Att… attention… danger…

— Danger ?

Brusquement, des mains empoignent les chevilles d'Alix, qui hurle de douleur.

— Moi ! fait une voix au-dessus d'elle.

En un réflexe de défense, Alix replie violemment sa jambe valide pour la libérer, et l'envoie dans un corps qui recule. Elle plonge la main dans le puisard, saisit sa canne et se retourne. Une silhouette noire encagoulée se redresse et bondit sur elle, bras tendus. Alix la frappe au ventre de la pointe métallique de la canne. L'agresseur se plie en deux en poussant un cri. Alix s'agenouille, écarte le bras pour frapper encore, hésite à la dernière seconde. L'autre se détend comme un ressort, lui arrache la canne et la frappe à la tête. Alix a juste le temps de rouler sur le côté, le coup porte sur son épaule. Elle roule encore, le bois frappe le sol à quelques centimètres de sa joue. L'assaillant pose le pied sur la cheville blessée d'Alix, qui hurle, puis il brandit la canne au-dessus de sa tête pour la fracasser. Alix se sent perdue et se protège d'un geste dérisoire de l'avant-bras, quand une effroyable explosion ébranle la pièce. Une fumée âcre se répand partout, une avalanche d'éclats de brique s'éparpille sur les dalles. Le monde se fige.

— Ne bougez pas ! crie une voix de femme.

Marie-Odile, pâle, tremblant de tous ses membres, pointe un fusil de chasse au canon fumant. La silhouette encagoulée, canne brandie au-dessus de sa tête, semble hésiter.

— Ne bougez pas, il reste une cartouche ! prévient Marie-Odile d'une voix suraiguë.

Alix, bouche bée, n'en croit pas ses yeux.

— Qui… qui êtes-vous ? Ôtez cette cagoule ! ordonne sa mère d'une voix plus ferme.

La silhouette, vêtue d'un gros pull et d'un jean noirs, enlève lentement la cagoule de laine qui lui colle au visage.

— Vous ? s'écrie Marie-Odile, interdite.

Bouche ouverte, yeux écarquillés, elle hoche la tête, incapable d'ajouter quoi que ce soit. Dans un silence écrasant, le souffle rauque, un peu rapide de Solange fait pâlir Alix et sa mère.

— Ce souffle qui sortait de nulle part, c'était vous, Solange ? finit par demander Marie-Odile.

— Vous l'entendiez aussi, maman ?

— Oui…

Solange, méconnaissable, se contente d'un sourire haineux. Ainsi vêtue d'un pull noir et d'un jean, les cheveux ramenés en chignon, la bonne cuisinière fait dix ans de moins. Ses traits semblent plus fins, ses yeux plus vifs, ses lèvres en lame de rasoir sont d'un implacable mépris. Elle lâche la cagoule comme la pelure d'un fruit trop amer et pose les mains sur les hanches.

— Et maintenant ? demande-t-elle avec une ironie glacée.

— Solange ! Expliquez-vous !

— Je n'ai d'ordres à recevoir de personne… Madame !

— Parlez ! s'écrie Marie-Odile en affermissant sa prise sur le fusil.

— Vous me tueriez de sang-froid ?

— Exactement comme vous l'auriez fait de ma fille !

Alix, revenant peu à peu de sa stupeur, regarde sa mère comme si elle la voyait pour la première fois. Marie-Odile est pâle, le front en sueur, mais ses mâchoires contractées, ses épaules droites et sa position ferme témoignent d'une colère froide et d'une dangereuse détermination. Solange, les paupières plissées, les lèvres pincées, semble calculer ses chances : minimes, contre une décharge de chevrotines à bout portant. Elle éclate brusquement de rire comme s'il s'agissait d'une bonne plaisanterie. Marie-Odile recule, redressant le canon de son fusil.

— Soit, laisse tomber Solange avec dédain, puisque vous insistez…

Un frôlement de semelles sur le sol, un mouvement rapide à l'entrée l'interrompt.

— Qu'est-ce que ce cirque ? tonne une voix d'homme, détournant l'attention de Marie-Odile.

Solange bondit. Alix la retient par la cheville et elle s'étale sur les dalles avec un bruit mat.

— Maman ! lance Alix.

Marie-Odile pointe le canon du fusil sur la tête de Solange. Inutilement, car celle-ci s'est reçue sur le menton et gît inconsciente. Pierre-Jean, ahuri, considère la scène les traits déformés d'indignation. Un clapotis les fait se retourner.

— Vite, il va se noyer ! gémit Alix, lâchant Solange pour agripper Samy comme elle peut.

Marie-Odile court porter secours à Alix, mais le garçon, à moitié inconscient, est lourd, son poids encore augmenté par ses vêtements gorgés d'eau. Mère et fille tirent de toutes leurs forces pour le hisser hors du puisard. En vain.

— Bon sang, vous pourriez nous aider, au lieu de rester là comme… comme… comme une andouille ! glapit Marie-Odile.

Pierre-Jean recule avec stupeur, se raidit, ouvre la bouche, grimace, hoche nerveusement la tête, ne trouvant rien à répondre, sous le choc.

— Vous montez la garde ou quoi ? poursuit son épouse, exaspérée.

— Oui, enfin non… Le séminaire est reporté. Comme le téléphone était en panne, je… bref, bredouille Pierre-Jean, en plein cauchemar.

Contournant Solange, inanimée, il s'agenouille à la bouche du puisard et, comme un automate, hisse Samy hors de l'eau.

— Que fait ce… rastaquouère dans notre puisard ? lâche-t-il, dépassé.

— Ce rastaquouère, comme vous dites, a besoin de soins ! Allez chercher une couverture, un oreiller et votre trousse ! ordonne Marie-Odile d'un ton sans réplique.

— Ma chère amie…

— Rendez-vous utile, pour une fois ! lance-t-elle d'un ton cinglant.

Un gémissement de Solange la fait se lever d'un bond pour ramasser son fusil.

— Et tant que vous y êtes, prévenez la police !

— Maman ?

— Oui.

— Merci.

— Ce n'est pas moi qu'il faut remercier, dit-elle en souriant. C'est la petite broche qui était accrochée à ton gilet. Son épingle s'est ouverte et m'a piqué la joue. C'est elle qui m'a réveillée.

— Mon porte-bonheur !

Épilogue

— Invraisemblable… répète Marie-Odile pour la dixième fois. Il y a une semaine que ça s'est passé et je n'arrive toujours pas à le croire. Quelle comédienne ! Tout ça pour de l'argent… ajoute-t-elle en prenant la cafetière. Vous voulez encore un peu de café, Samy ?

Samy, vêtu d'une veste sombre, d'un jean neuf et d'une chemise immaculée, acquiesce d'un sourire timide en essayant d'ignorer le regard persistant de Pierre-Jean de Diolle d'Hermée. Alix, aux anges, termine sa part de gâteau. Une fois de plus, la pluie bat les vitres de la salle à manger. Elle n'est pas désagréable, la pluie, quand on est au chaud, avec maman tellement, tellement… comment dire ? Tellement différente ! Et Samy.

— Vous rendez-vous compte à quel point nous fûmes crédules ? poursuit Marie-Odile, lancée. N'est-ce pas, Samy ?

— Tout le monde serait tombé dans le panneau !

Marie-Odile acquiesce en servant le café, tandis que Pierre-Jean lève discrètement les yeux au ciel. Elle a invité Samy à déjeuner, ce dimanche, pour faire sa connaissance, séduite par la gentillesse et le courage du garçon. Son mari n'a que très timidement protesté. Elle a bien changé, Marie-Odile.

— Qui aurait pensé que Solange avait passé son enfance et sa jeunesse ici ? Que son arrière-grand-père était monsieur Rayckem, le directeur de la mine ?

— Et Clémence sa grand-tante, soupire Alix.

— Pauvre Clémence, répète Marie-Odile, joignant un soupir à celui de sa fille. À quel drame ne mènent pas les amours contrariées…

Pierre-Jean relève discrètement les yeux au ciel.

— Inutile de regarder le plafond, mon ami, sourit Marie-Odile. Il n'y a désormais plus de gadget dans cette demeure pour le faire saigner.

Au mot « gadget », Pierre-Jean tique, mais ne dit mot.

— Solange a tout avoué aux flics ! Elle était trop forte pour truffer la maison de ces machins-là ! poursuit Samy en hochant la tête.

Pierre-Jean ne peut réprimer une grimace de désapprobation.

— N'oublions pas qu'elle a travaillé des années dans le cinéma, à créer des effets spéciaux. Autrement, elle n'aurait jamais eu l'idée de cette mise en scène, rappelle Alix.

— Solange aurait mieux fait d'être comédienne... ou pharmacienne, étant donné la manière dont elle a drogué mes tisanes, laisse tomber sa mère. À la mort de son père, la maison a été mise en vente. Qui a eu l'idée de se précipiter pour acheter un tel vaisseau fantôme avant tout le monde, et en particulier avant les promoteurs, qui n'attendaient que ça pour la raser et revendre le terrain à prix d'or ? persifle-t-elle en regardant son mari. Le temps des transactions, Solange l'avait métamorphosée en château hanté.

— Elle l'a super-bien métamorphosé ! s'enthousiasme Samy. Des tuyaux dans les murs, des pompes électriques avec commande à distance pour faire couler le faux sang, des produits chimiques qui font mousser le plâtre, des diffuseurs dans les planchers... Alix m'a dit que c'était terrible d'entendre la respiration de Solange qui sortait de nulle part ! Elle a enregistré sa propre respiration ! Et les boules puantes qui explosent toutes seules, la bonne blague !

Pierre-Jean serre les mâchoires et se lève.

— Si vous le permettez, mon amie, je dois me retirer dans mon cabinet pour un dossier qui ne souffre aucun retard.

— Retirez-vous, mon ami, retirez-vous... Pauvre Solange, tant d'efforts pour nous effrayer...

— Mais pourquoi elle l'avait pas, cette maison, puisqu'elle était à son père ? demande Samy.

— Déshéritée. Son père ne lui a jamais pardonné d'avoir choisi le cinéma plutôt que le droit, comme il était de tradition familiale. Elle espérait nous en chasser après nous avoir terrorisés. Elle nous l'aurait rachetée pour une croûte de pain et l'aurait revendue une fortune aux promoteurs.

— Grâce à un film d'horreur ! lance Samy, faisant éclater de rire Alix et sa mère.

— Maman, permettez-vous que je fasse écouter quelque chose à Samy dans ma chambre ? demande Alix, le cœur battant.

— Si c'est l'air que tu m'as chanté l'autre soir à table, bien sûr, Alix. D'autant qu'il n'y aura pas de fantôme pour te déranger.

— Merci maman, répond Alix en entraînant joyeusement Samy.

Alix entre dans sa chambre suivie d'un Samy, rongé de curiosité. Elle sort son cahier de composition, le pose sur le pupitre, l'ouvre et pousse un cri. Samy s'approche et regarde sans comprendre les notes écrites sur les portées.

— Qu'est-ce qu'il y a ?

— Ces notes-là, je ne les ai pas écrites... dit Alix, d'une voix blanche.

— C'est qui alors ?

— Je ne sais pas. Hier, elles n'y étaient pas.

— Vas-y, essaie.

Alix prend son violoncelle et se met à jouer un air tendre, un air qui parle d'attente et d'heures qui se ressemblent, où fleurit un rêve triste. Une lumière emperlée de mélancolie semble alors égrener l'impalpable douceur de l'ennui. Les gorges d'Alix et de Samy se nouent, l'adagio(2) va au long de l'archet et de leurs cœurs unis. Soudain, le mouvement s'emporte, les notes éclatent en soleil de midi et le ciel embrasse la terre et la terre embrasse le ciel parce qu'il ne peut pas en être autrement,

2. Tempo lent.

le violoncelle unit la fleur au jour. Une joie absolue effleure Alix et Samy de cette légère douleur qu'il y a au fond de la beauté. Alix jouant et Samy recueilli sont emportés plus loin que le monde, là où les anges se posent. D'un coup d'archet brutal, Alix brise le mouvement et s'arrête, les yeux fixés sur les portées vides de notes, comme si le jour s'en était allé de la sonate. Le jour s'en est allé, une insondable noirceur boit les étoiles. La partition s'arrête là.

Le silence tombe.

Alix et Samy se taisent, bouleversés.

— Merveilleux… souffle finalement Alix.

— L'amour qui naît et l'amour qu'on détruit… l'histoire de Clémence et de Dieudonné, soupire Samy.

Alix contemple la bouteille d'encre au dragon, en évidence sur son bureau.

— Tu te souviens avoir pris cette bouteille d'encre ?

— Oui, même que je ne parvenais pas à l'ouvrir.

— Le niveau était où ?

— Au milieu de la flamme !

— Et maintenant ?

Samy regarde la bouteille, ébahi.

— Plus bas… au cœur du dragon, dit-il d'une voix sourde.

Il s'approche, considère le flacon sans oser le toucher, puis, se décidant, le prend délicatement et essaie encore une fois de l'ouvrir… vainement.

— Je sais qui a écrit cette sonate sur mon cahier… sourit Alix, les yeux perdus au profond des murs.

Du même auteur

Deux secondes avant la fin du monde
Quand la péniche familiale a coulé, Gabriel a cru que rien de pire ne pourrait lui arriver. Et pourtant... Ce n'était que le début de l'aventure ! Recueilli par une joyeuse famille aux pouvoirs aussi fabuleux qu'inquiétants, il va affronter un trio de promoteurs sans scrupules, emprunter de bien étranges moyens de transport, tomber amoureux et tenter de sauver notre monde de la destruction totale.

La disparue de Bruges
Le jeune Piet travaille pour le banquier Baldassare Cantarelli qui tient un comptoir. Il tombe amoureux d'Amélia, fille de son patron. Un jour, il apprend que sa belle a été enlevée. Piet décide alors de partir à sa recherche.

nichée dans une forêt au sud de l'Angleterre. Alors que d'étranges phénomènes célestes viennent troubler la ville, les trois amis rencontrent Joséphine.

Jean-Marie Defossez

Les Arckans

Depuis qu'elle est enfant, Céliane rêve de changer le monde. Découragée par l'immensité de la tâche, elle se contente toutefois de la réalité. Mais le jour de ses 16 ans, à la suite d'un accident, elle sort de son corps et rencontre les Arckans...

Les Arckans - Obscurités

Ahriman, le maître des Sombres, n'est pas mort. Loin s'en faut. Il continue à agir dans l'ombre, cette ombre qui naît de la lumière et dort en chacun de nous. C'est dans leurs propres noirceurs que Céliane et ses amis Arckans s'enfonceront cette fois au péril de leur vie et de leur Luminosité.

Anne Ferrier et Régine Joséphine

Série « Les Chroniques étranges des enfants Trotter »

La malédiction Shakespeare - N° 1

Un vol à la tire, une église médiévale en travaux, une crypte obscure au fond de laquelle se cache un mystérieux tombeau... et d'étranges parchemins signés de William Shakespeare... Inquiétantes découvertes pour Victor et Albane

Le chien des ténèbres - N°2

Au Canada chez leur tante, Victor et Albane ignorent qu'ils courent un danger mortel. La malédiction

Shakespeare ? Naufragés, ils vont devoir affronter une terrifiante créature...

Les Pierres de prophétie - N°3
Albane et Victor se réjouissent de passer Noël avec leur tante. Enfin un peu de repos, après des aventures épuisantes ! Mais les pouvoirs d'Albane se développent. Dans ses visions, des pierres gigantesques avancent toutes seules dans la vallée de la Mort, la Terre se convulse et crache du feu. Albane met-elle l'Âme du monde en danger ? Les enfants Trotter sont devenus une menace qu'il faut éliminer...

Frédérique Lorient
Les Carnets du Ravage
Faëlle est une adolescente sans histoire. Mais des gens changent de comportement, ils sont victimes des Ravageurs, venus d'un autre monde... Et si Faëlle était liée à ce monde, elle aussi ?

Pascale Maret
L'encrier maudit
À cause de la pluie, des élèves de 5e en voyage de classe sont confinés à l'intérieur d'un vieux manoir. Pour tromper l'ennui, Thomas, Killian et Jules entrent en douce dans les appartements privés de la propriétaire...

Stéphane Méliade
La Reine des bateaux sauvages
Corentin, 12 ans, est en vacances sur l'île grecque de Naxos. Il rencontre l'étrange Callidora, qui a son âge mais qui semble à la dérive... Comment la délivrer de sa prison intérieure ?

Bruno Paquelier
Les taches brunes
Ils ont 16 ans, ils sont beaux, une intelligence très largement au-dessus de la moyenne. Ils, ce sont les Meilleurs. C'est ainsi que les appellent leurs professeurs. Ils vivent sur le Nouveau Monde, une île idyllique et inconnue du reste du monde. Ils font l'amour librement tout en suivant une formation originale. Ils vivent là depuis qu'ils sont petits. Ils sont nés sur l'Ancien monde où leurs parents les attendent. Sélectionnés par leurs professeurs sur l'Ancien monde, ils sont en formation depuis leur arrivée sur l'île.

Éric Simard
Les larmes d'Ithaque
Île d'Ithaque, 2012 : Alexandros, 15 ans, a une difformité depuis sa naissance, un œil deux fois plus gros que la normale. Il ignore qu'il a été choisi par les dieux anciens comme victime expiatoire. Un jour, son père remonte dans ses filets un médaillon antique représentant le portrait d'Ulysse. Il demande à son fils de s'en débarrasser. Mais le garçon garde précieusement la médaille. Quand il réalise que l'objet possède d'étranges pouvoirs, il est trop tard...

Élodie Perraud-Soubiran
La Frontière
Première partie : Clandestine
Les parents d'Eni ont disparu. Jaro, un révolutionnaire, lui apprend qu'ils sont retenus au Centre de Détention de la Frontière. Eni n'a qu'une idée en tête : délivrer ses parents.

Publié par Oskar éditeur
21, avenue de la Motte–Picquet
75007 Paris - France
Tél. : +33 (0)1 47 05 58 92
Fax : + 33 (0)1 44 18 06 41
E–mail : oskar@oskarediteur.com
Site Internet : www.oskarediteur.com

Auteur : Freddy Woets
Graphisme : Jean-François Hadid
Direction éditoriale : Françoise Hessel
Mise en page : David Lanzmann

ISBN : 979-10-214-0053-5
Dépôt légal : avril 2013
Imprimé en Europe
Loi n° 49–956 du 16 juillet 1949
sur les publications destinées à la jeunesse